堅物王子と砂漠の秘めごと

登場人物紹介
ラティーフ
ユスラーシェの王子。強面で知られる。
事情があってハレムを空にしており、
堅物王子とも呼ばれている。
レイハーネ
アブタキアの王女。天真爛漫な性格。
父に溺愛されて育ったため、
少し世間知らずなところがある。

カリマ
レイハーネの侍女。とても有能で、レイハーネにとっては姉のような存在。
ヒクマト
ラティーフの側近。カリマとレイハーネを奴隷商人から買い取る。
マージド
アブタキアの王。末娘のレイハーネを溺愛している。
ダール
ガジェティフの王子で、レイハーネの婚約者。優美な容姿と高い能力を併せ持つ。
ナジブ
レイハーネの兄で、一番の理解者。落ち着いた理知的な性格。

目次

第一章　幸運の花

——夜空を泳ぐ星々に
捧げた祈りは
砂漠を流れる風に乗り
愛しい人に届くだろう
砂漠に咲いた花々に
誓った愛は
夜空に光る星になり
愛しい人を照らすだろう——

歌を口ずさんでいたレイハーネは、高台にある宮殿のバルコニーから、整然とした街並みを見下ろす。前方には海が見え、振り返れば背後は緑豊かな山々に囲まれている。
ここ、アブタキアは遥か遠い海の向こうの国々と、大陸に広がる砂漠の国々を繋ぐ、玄関口となる国だ。

彼女は海からの心地良い風を受けながら、大きなため息を吐(つ)いた。

(とうとう、この時が来ちゃった)

物心ついた頃から、ある程度覚悟はしていた。

なぜなら、それが自分の役割。あらかじめ決められていた命運。

――〝結婚〟。

それこそが、アブタキアの王女として生まれた自分に課せられた使命なのだ。

兄弟の中で一人だけ歳の離れた末っ子のレイハーネを、父王は溺愛(できあい)し、長い間手放そうとしなかった。

おかげで、レイハーネは大国の王女という身分にもかかわらず、十八になっても独身のまま。

父はいつも言っていた。――レイハーネを自分と同じくらい大切にできる男でなければ、決して嫁(とつ)がせたりはしないと。

こういった時に世話を焼くべき母は、彼女が幼い頃に亡くなっている。

〝このままでは妹が嫁(い)き遅れる〟と危機感を持った兄たちが、父を必死に説得し、結婚相手を探し始めた。

だが父は説得に応じず、挙句の果てに、とんでもないことを言い出したのだ。

『レイハーネをただ一人の妻として迎え、大切にすることを約束した者と結婚させる』と。

現在、周辺諸国の王侯貴族は皆ハレムを持ち、多くの妻妾(さいしょう)を抱えている。そんな中、妻をただ一人に限定しろというのは、とても無茶な要求に思えた。

だが、各国の王子たちは、こぞって結婚相手に名乗りを上げる。近隣諸国では随一の軍事力を誇る大国アブタキアの国王。その人がこの上なく大事にしている、稀代の美姫と名高きレイハーネ王女を妻にできるならば——と。

そして父王と三人の兄たちによる長い長い議論の末、ついに相手が決まった。

父から告げられた相手の名は、隣国ガジェティフの第一王子ダール。

レイハーネは幼い頃に数回、彼と顔を合わせたことがあるらしい。だが、よく覚えていないし、顔も思い出せなかった。

ガジェティフはアブタキアの北東に位置する砂漠の国だ。

広大な砂漠の真ん中にある宮殿は、岩山と砂に囲まれており、緑がとても少ないと聞いている。

自然豊かなアブタキアで育ち、草花などの自然や動物をこよなく愛するレイハーネは、結婚相手の名前を聞いてガッカリした。

緑が少ない乾いた宮殿のハレムで、ただひたすら夫を待つだけの日々を送るのかと思うと、暗い気持ちになる。

「砂漠の真ん中かぁ……」

ため息まじりに呟くレイハーネの背後から、侍女のカリマが近づいてきた。

「姫さま。この度はご婚約、おめでとうございます」

「カリマ!」

「ようやくお相手が決まって……本当に良かったですね」

「～～っ、良くないってば！」

この不満げな表情を見ても、嫌がっていることに気付かないのだろうか。

レイハーネの乳母の娘であるカリマは、幼なじみであり、姉のような存在だ。何も口にせずとも、こちらの気分や体調を手に取るように察し、命ずる前に完璧に働いてしまう。

だが、いつもは鋭い彼女も、話が婚約となると目が曇るのか――

そう思ったが、カリマはしれっとした顔で首を横に振った。

「お相手が決まるまでの半年間、お兄さま方が一体どれほど苦労されたことか。想像するだに胸が痛みます。お相手が無事に決まっただけでも万々歳。あ～、良かった良かった」

「うわ……いつも言ってるけど、カリマが仕えてるのはナジブ兄さまじゃなくて、私だからね！」

レイハーネには兄が三人いる。姉も二人いるが、すでに他国へ嫁いでいた。

三人の兄のうち、二番目のナジブだけがレイハーネと同じ母から生まれている。

カリマはレイハーネの侍女なのに、彼女よりナジブのほうを慕い、敬っているフシがあった。

「もちろん分かってますよ。ガジェティフには私も一緒に参りますし」

カリマはそう言って胸を張る。

「本当？　でも……いいの？」

彼女の故郷も、ここアブタキアだ。まだ独身とはいえ、実家には両親や幼い弟妹たちがいる。

「姫さまを一人で嫁がせたりしたら、心配で心配でオチオチ眠ることもできませんよ」

カリマの言葉に、レイハーネは申し訳なさを感じるのと同時に、ホッとした。たった一人で見知らぬ土地へ行くことを、とても不安に思っていたからだ。

(カリマがいれば安心だわ)

彼女は機転も利くし、誰よりも自分のことを理解してくれる。

レイハーネがようやく笑顔を見せると、カリマも小さく笑って肩をすくめた。

＊

その頃。

ガジェティフの王宮の奥深くにある国王の謁見室(えっけんしつ)では、第一王子ダールが、アブタキア国王から送られてきた婚姻を承諾(しょうだく)する文書を受け取っていた。

「これで我が国の安泰は約束された」

国王の言葉に、側近たちは歓声を上げる。

当のダールも満足げな笑みを浮かべ、静かに頷(うなず)いた。

広大な砂漠が広がるこの大陸において、アブタキアは特別な存在だ。

海と山に囲まれ、雨にも恵まれているおかげで、資源や作物が豊富。大きな港を抱えており、外交や商業も盛んで、とても豊かな国である。

人の出入りが多い国はとかく治安が悪くなりがちだが、アブタキアはその財力に物を言わせ、高い軍事力を誇っている。その強さは海の向こうにある列強国からも一目置かれるほど。

そのアブタキアの王女と、自国の第一王子との婚約が成立したのだ。

国王や側近たちは、安堵と喜びの表情を浮かべている。

唯一、ダールの横に立つ第二王子シャヒードだけが不満そうな顔をしていた。

「どうした、シャヒード」

兄に問われ、弟はふてくされたように眉根を寄せる。

「——回りくどいやり方だ。アブタキアと組まなくたって、もう一度戦をすればユスラーシェには勝てる。それにアブタキアの王女を迎えるには、わざわざハレムを空にしなきゃならないんだろ。今いる女たちはどうするんだよ」

ダールは優美な瞳を鋭く光らせたが、微笑みを湛えて答えた。

「それはお前が心配することではない。それにユスラーシェとの領土争いも、アブタキアの姫を手に入れれば簡単に終わる。お前は回りくどいと言うが、これが最短で最良の道なのだ」

シャヒードはその目に怒りを滲ませて呟く。

「俺は、あいつを許さねぇ……。いつか必ず俺と同じ目に遭わせてやる」

「ラティーフのことか。恨みに思うのは構わないが、私情に走りすぎるな」

ダールにたしなめられ、シャヒードは忌々しげに唾を吐いた。彼は王や側近たちの非難の目を浴びつつも、ふてぶてしい態度で謁見室を出ていく。

王は深いため息を吐いた。

「何が気に入らんのだ、あいつは」

ダールは弟が出ていった扉を見つめ、冷静な口調で答える。

「ラティーフ王子と直接やり合いたいのでしょう。だがアブタキアの王女との婚約は成立した。ユスラーシェとの争いは、これ以上戦をするまでもなく決着がつきます」

「その通りだ。くれぐれも王女に嫌われたりすることのないようにな。まあ、お前なら心配はいらないだろうが……」

ダールは微笑みながら軽く頭を下げ、了承の意を示した。

＊

数年前の記憶を頼りに、レイハーネは砂漠のオアシスにある小さな泉のほとりを歩く。

今、彼女が探しているのは、ここでしか見かけたことのない花だ。白い花弁に薄青の模様がうっすら透(す)けて見える、とても珍しく美しいものだった。だが、名前は分からない。

それを初めて見た時、レイハーネはたとえようのないその美しさに強く魅了された。

この地を遠く離れてしまう前に、もう一度だけ見たいと思ったのだ。

「姫さま！」

声がしたので振り向くと、背後の茂みから侍女のカリマが顔を出す。

彼女は息を切らし、肩を大きく揺らしながら文句を言った。

「んもうっ！　一人で勝手に行動してはいけませんと、あれほど言ったのに！」

レイハーネは今日、朝早くからカリマを伴い、父王がつけてくれた護衛と共に、国境近くの砂漠を抜けてここまで来た。

だがオアシスの周囲に立ち並ぶ木立が見えた途端、レイハーネは勝手にラクダの背から降り、一人駆け出したのだ。その後を、カリマは慌てて追いかけてきたのだろう。

恨めしげな目を向けられ、レイハーネは小さく肩をすくめた。

「だって待ちきれなかったんだもの。そんなに怒らないで、カリマ」

ここへ来たいと言ったら、何かあっては大変だからと皆に反対された。父や兄たち、そしてカリマにも。

レイハーネに甘い父と、長兄アーデルの説得は容易い。一番手厳しいのは三男のイルハムだが、彼は友人の結婚式に出席するため、城を留守にしている。残る次兄のナジブは最後まで妹を心配し、反対していた。

そしてカリマは、レイハーネよりナジブの味方だった。彼と一緒になって反対していた上、最終的にはナジブのお許しが出たにもかかわらず、ここまでの道中、ずーっと文句を言っていたのだ。

「ねえカリマ。あの花が見当たらないの。この時期は咲かないのかしら」

レイハーネは泉のほとりにしゃがみ込み、力なく呟く。すると、カリマは一転して文句を引っ込め、慰めるように言った。

「もしかしたら、ガジェティフに行けば見られるかもしれませんよ。いくら岩と砂だらけの国とはいえ、オアシスくらいあるでしょう」

アブタキアの砂漠地帯にはオアシスがたくさんある。一方のガジェティフは、領土を横断するように広河が流れており、その周辺だけ木々が連なり小さな森となっている。だが残りの大半は砂漠だ。アブタキアのように海に接していて、自然が豊かな国とは、気候が随分異なる。

（あまり期待できそうにないわ）

カリマの心遣いはありがたかったものの、レイハーネはガッカリして肩を落とした。

まだ母が生きていた頃、共に訪れたこのオアシスで偶然見つけた美しい花を、レイハーネは幸運の象徴のように感じていた。

あの花をもう一度見ることができたら、知らない場所へ嫁ぐことへの不安も、少しは和らぐかと思ったのに。

「戻りましょう、レイハーネさま。遅くなると国王さまが心配します」

「……そうね。明るいうちに砂漠を抜けなければ」

花を見るのをようやく諦め、レイハーネは重い腰を上げた。

ラクダと共に少し離れた場所で待っていた護衛たちは、戻ってきたレイハーネとカリマの姿を見て、一様にホッとした表情を浮かべた。

大国アブタキアの末姫に何かあれば、王の激しい怒りを買うことになる。

護衛たちは出発した時からずっと、極度の緊張を強いられていた。

「姫さま、これを」

カリマが差し出したのは、彼女の髪と肩を覆っていた布だ。レイハーネが普段身に着けるものより、ずっと質素で地味な色柄である。

反対にカリマは、レイハーネが身に着けていた華やかな布を被った。もし一行が何者かに襲撃を受けた際、彼女はレイハーネの身代わりを務めることになっている。

だがレイハーネは、そのような事態が本当に起こるとは全く思っていなかった。そもそも、幼い頃から傍にいて姉のように慕っているカリマを身代わりにするなど、とんでもないことだ。

カリマから受け取った布を被り、ラクダの背に跨がった時、少し離れた砂丘の頂に砂煙が上がった。

レイハーネはそれを見て、自国か隣国ユスラーシェの商隊が近くを通るのだろうと思った。

だが――

「あれは……っ！」

一行の間に緊張が走る。

「レイハーネさま！　早くこちらに」

護衛の一人が、レイハーネの身体を強引にラクダから引きずり下ろした。

「きゃっ！」

「お静かに。決して口を開いてはなりません」

砂の上に尻もちをつき、護衛の背後に庇われたレイハーネは、訳が分からず目を白黒させる。そして強張った顔つきの護衛たちを見回したところで、何かマズいことが起きたのだとようやく気付いた。

(何――？)

同じように護衛に引っぱられてきたカリマが、レイハーネの隣に座らされた。二人は身を寄せ合い、砂で煙った視界の向こう側を必死に見つめる。

すると、護衛たちのリーダーが二人の前に立ちはだかり、鋭く前を睨んで言った。

「盗賊団が近づいてきます。相手は少人数ですが油断はできません。――カリマ、手筈通りに」

その言葉に、カリマが力強く頷く。

(手筈通り？)

レイハーネは混乱し、頭が上手く回らなかった。不安な気持ちのままカリマを見ると、それに気付いた彼女は、レイハーネを安心させようと微笑む。

「大丈夫。心配いりませんよ。ここにいる護衛は軍の精鋭たちです。姫さまは決して口を開かず、ジッとしていてください」

しばらくして盗賊団が姿を現した。人数は五人で、全員馬に乗っている。

アブタキアの精鋭たちは地を這うようにして彼らに近づき、あっという間に二人を倒した。

「ぐあっ……！」

「おいっ、一旦下がれ！」

残りの三人が慌てて距離を取り、護衛たちと向かい合う。

――その時だ。

レイハーネの背後から大きな音がして、風が強く吹きつけてきた。肌に当たる砂が痛くて思わず目をつむる。

それと同時に、彼女の肩を抱いていたカリマの手が離れた。

「きゃあっ……！」

カリマの叫び声が聞こえた直後、すぐ傍を大きなものが素早く駆け抜けていった。

レイハーネが慌てて目を開くと、隣にカリマの姿はなく、馬上に彼女を乗せて走り去る男の姿が映った。

（カリマ！）

その男は馬を止めて振り返り、護衛たちと対峙していた仲間を呼ぶ。

「目的は果たした！　行くぞっ」

男の顔には特徴的な刀傷が斜めに走っており、鋭い眼差しは陰惨な雰囲気を漂わせていた。

（カリマが攫われてしまう！）

「待っ……んんっ！」

立ち上がろうとしたレイハーネは、背後から護衛の一人に口を塞がれた。そのまま彼の腕に拘束される。

「んっ、んんーっ！」

護衛は暴れるレイハーネを強い力で押さえつけ、小声で訴えた。

「いけませんレイハーネさま！　奴らの目的はあなたです」

「んぐっ、ん、んっ、んーっ！」

レイハーネは拘束を解こうとさらに暴れたが、彼はビクともしない。

(カリマはどうなるの？　まさか本当に私の身代わりに――)

そうしている間に、カリマを攫った盗賊団の姿は砂丘の向こうに消えた。

護衛たちは追いかけるそぶりも見せず、すぐさま出発の準備を始める。

「レイハーネさま。カリマが王女でないと分かれば、奴らはここへ戻ってくるかもしれません。すぐに移動しましょう」

ようやく口から手を離され、レイハーネは叫んだ。

「カリマはどうするの？　なぜ後を追いかけないの!?」

護衛のリーダーがレイハーネを見て、冷静な口調で言い聞かせる。

「奴らは馬に乗っています。速さはありますが、ラクダと違ってそれほど遠くへは行けません。方角と距離から考えて、ユスラーシェとの国境沿いにあるキイスという町に向かったと思われます」

「キイス？　私たちも、そこへ向かうの？」

「……はい」

レイハーネはホッと息を吐いた。

そして彼らに言われるまま大きな布で全身を覆い、ラクダの背に跨がる。身を縮こまらせた彼女の姿は、遠目には人でなく荷物か何かのように見えた。

レイハーネは気付かなかったが、護衛たちは盗賊団とは別のルートを使ってキイスに向かった。戻ってきた盗賊団との鉢合わせを避けるためだ。

そして護衛たちがキイスへ向かった目的も、レイハーネが想像したものとは違っていた。

もしアブタキアの王女一行であることを知った上で狙われたのであれば、国へ向かうと追いつかれる可能性がある。彼らはカリマを助けるためではなく、相手を攪乱し、王女の行方をくらますために同じ町へと向かったのだった。


キイスに着いてすぐ、護衛のリーダーはアブタキア国王に事態を報告すべく早馬を飛ばした。

そしてレイハーネを宿の一室に押し込み、「静かにお待ちください」と言って閉じ込める。

レイハーネも初めは素直に従っていた。だが丸一日経っても、護衛たちにカリマを捜す様子が見られないことで、徐々に不信感を抱き始める。

（いつカリマを捜しに行くのかしら）

もしかして、彼女を見捨てるつもりなのでは——？

一度そう思い始めると、疑念は膨れ上がる一方だった。

レイハーネは居ても立ってもいられず、ドアの前にいる護衛に声をかけた。

「ねえ、着替えを買いに行きたいの」

町娘の格好をすれば、王女だとは思われないし、宿を出てカリマを捜せる。

だが、護衛は当然のように反対した。

「私たちが買ってきますから。レイハーネさまはここにいてください」

レイハーネはいかにもワガママな末姫を装い、目一杯ふくれっ面をして彼を睨んだ。

「いやよ。着るものを選ぶには、女にしか分からない基準が色々あるの。カリマもいないんだから、私が行くわ！」

その後どんなに説得されても、彼女はイヤイヤを繰り返した。父に頼み事をする時のように甘えた声を出し、大きな瞳を潤ませて相手の目をジッと見つめる。

普段は国王の警護を務め、時には戦場に身を置くこともある護衛たちは、こんなに近くでレイハーネに接したことがなかった。彼女は宮殿の奥にいて、めったに表に出てこないからだ。

レイハーネは巷の噂どおり、いや、それ以上に愛らしく麗しい美貌の持ち主だった。

そんな彼女の熱心なおねだりに、護衛たちは弱ってしまう。

「カリマから聞いたわ。あなた方は選ばれた精鋭なんですってね。もちろん私一人で行きたいなんて言わないし、ほんの少しだけ付き合ってくれればいいの。ね？」

国王も敵わないレイハーネのおねだり攻撃に、彼らはとうとう根負けした。

「我々と一緒なら大丈夫か」

「服を買うくらいなら……」

「でも、すぐに帰りますからね。髪とお顔はちゃんと隠してくださいよ」

レイハーネはとびきりの笑みを浮かべ、護衛一人一人にお礼を言った。

「ありがとう！　とっても嬉しいわ。本当にありがとう」

彼らは困った顔をしながらも、一様に頬を染め、口元をわずかに緩めた。

キイスの町はアブタキアの砂漠と、隣国ユスラーシェの森の狭間にある。町自体が国境線を兼ねており、貿易同盟を結ぶ二国間を行き来するのは自由だ。

そうして商人の町となったキイスの通りには、露店や宿屋などがひしめき合っている。

レイハーネは身分を偽るため、アブタキアではなくユスラーシェで作られた衣装——それも町娘が身につけるような、地味な色柄のものを探して歩いた。

彼女のすぐ後ろに二人の護衛がついて回り、少し離れた場所では残りの二人が周囲を広く警戒している。リーダーの男は一人だけどこかに出かけており、姿が見えなかった。

やがてレイハーネは、露店の列が途切れた場所に、小さいけれどキチンとした構えの店を見つける。

「ここがいいわ」

彼女は足を止め、後ろの二人を振り返った。

「衣装を買って着替えてくるから、あなたたちはお店の前で待ってて」

それを聞いた二人は険しい顔で「いけません」「一緒に入ります」と言い張った。

だがレイハーネはしかめっ面をして、頬をふくらませる。

「いやよ。私の着替えを覗く気なの？」

護衛たちはギョッとして、慌てふためいた。

「そっ、そんなつもりはっ……」

「一人になるのは危険です！」

レイハーネはニッコリ笑って首を傾げた。

「大丈夫。サッと着替えて、すぐに出てくるわ」

邪気のない瞳で見つめられ、二人は弱り切った表情で渋々（しぶしぶ）頷（うなず）く。

「着替えの間だけですよ」

「我々は入り口で見張っていますから」

「分かったわ。ありがとう！」

嬉しそうに言い、弾（はず）むような足取りで店に入っていくレイハーネを、護衛たちは不安そうな顔で見送った。


店内に入ったレイハーネは、すぐに適当な服を探し始める。

奥から出てきた気の良さそうな女店主に「ユスラーシェ人らしい格好をしたいの」と言ったら、彼女はレイハーネに合うサイズの衣装を何着か出してくれた。

（あ、これ……）

レイハーネはそのうちの一着を手に取った。裾（すそ）の部分に、あの幸運の花の刺繍（ししゅう）があしらわれている。

だが他の衣装と比べて質が良く、値段を聞いたら少し高かった。

町娘を装うには向かないかもしれない——

レイハーネは迷ったが、その衣装がどうしても気になった。

(これがいい。これにしよう)

女店主に金を払い、すぐに着替えさせて欲しいと頼んだら、奥の鏡のある部屋に通された。

レイハーネは素早く着替えると、鏡越しに刺繍の花を見つめて、無意識に微笑む。

(嬉しい。こんな場所で出会えるなんて)

——幸運の花。

これを着ていれば、きっとカリマを連れ戻すことができる……そんな気がした。


奥の部屋を出て店内に戻ろうとしたレイハーネは、そこにいる男の顔を見てハッとした。

(あの男だわ!)

咄嗟に物陰へ身を隠す。幸いなことに、相手がこちらの存在に気付いた様子はなかった。

顔に斜めの刀傷。鋭い眼差しに陰惨な雰囲気——男は確かにカリマを攫った盗賊団の一人だった。

彼は女店主と何やら話し込んでいて、こちらに半分背を向けている。とても小さな声なので、話の内容は聞き取れない。

じっと様子を窺っていたら、男は女店主から受け取った袋を手に外へ出ていった。

(追いかけなきゃ)

レイハーネは、たった今着替えが終わった風を装い、女店主に近づいた。

裏口はないかと訊いたら、彼女はにこやかに「こっちだよ」と案内してくれる。

女店主に礼を言い、レイハーネはその扉を開けた。そして顔だけを外に出し、護衛たちの目が自分に向いていないことを確認する。

もし護衛たちに男のことを伝えたら、宿に連れ戻されてしまう――彼らには申し訳ないが、カリマを見つけるためには一人で行くしかなかった。

レイハーネは周囲を見渡し、刀傷の男を捜す。

すると視界の端に、建物の角を曲がる男の後ろ姿を捉えた。

（いた！）

レイハーネは極力足音を立てないよう気を付けながら走り出す。

そして同じ角を曲がると、男がまっすぐに延びた細い道を足早に歩いているのが見えた。

その後を、適度な距離を保ちつつ追いかけていく。

ふと、すれ違う人々が例外なく振り返ることに気付いた。どうやら自分は目立っているらしい。

レイハーネは艶のある長い髪と白い肌を、布でしっかりと覆い隠す。

しばらくすると、男はもっと細い横道に入った。

その入り口まで来て、足を踏み入れるのをしばし躊躇う。あまりに暗く、見るからに怪しげな雰囲気を漂わせていたからだ。

（どうしよう）

護衛たちを撒き、たった一人で男の後をつけてきてしまったことを、今さらながら後悔した。だが、もう後の祭りだ。

こうして躊躇(ためら)っている間にも、男は先へ先へと進んでいく。カリマを捜し出すたった一つの手掛かりを、見失う訳にはいかない。

レイハーネは拳(こぶし)をグッと握りしめ、小さな声で「なんとかなるわ」と呟(つぶや)く。そして、その細道へと足を踏み出した。

＊

なかなか戻ってこない末姫に焦(じ)れ、護衛の一人が店内に入る。

彼はすぐさま戻ってきて、逼迫(ひっぱく)した表情で叫んだ。

「レイハーネさまがいない！」

彼女についてきた四人の護衛たちは全員青ざめ、ただちに散らばって周辺を捜し始めた。

だが店の近くに彼女の姿は見当たらない。彼らは女店主から聞いた話を手掛かりに、レイハーネが出ていったという店の裏口を起点にして捜索を始めた。


一方、王都へ帰るために必要な手配を済ませて、宿に戻ってきた護衛のリーダーは、部下たちがいなくなっていることに気付いて驚愕(きょうがく)する。

そして残されたメモから、レイハーネを含む全員が町へ買い物に出かけたと知り、思わず舌打ちした。

服を買うだけにしては戻るのが遅すぎる。リーダーの男がイライラしていると、やっと部下の一人が戻ってきた。彼は青ざめた顔でこう告げる。

「レイハーネさまが行方不明です。町の服飾店から、お一人で姿を消しました」

「……なんだと？　おい、冗談じゃ済まないぞ！」

リーダーは勢いよく椅子を倒し、立ち上がった。

「分かってます！　でもどこにも……」

その後、リーダーは再び国王に早馬を飛ばした。そして部下たちを率い、夜が更けるまで必死に彼女を捜し回ったが、結局見つからなかった。

その途中、怪しげな店が並ぶ裏道に、一人で歩いていく美女を見かけたという情報が入る。話に出てきた特徴から、レイハーネではないかと思われたが、確証は得られなかった。

翌々日、アブタキア国王より「どんなことをしてでも必ず王女を捜し出せ」との厳命が届き、さらに捜索のための人員も追加で送られてきた。

もしこのままレイハーネが見つからなければ、どうなることか。

護衛たちは必死で彼女の捜索に当たった。

第二章　出会いと始まり

揺れる馬車の小窓には布が貼られている。

レイハーネはわずかな隙間（すきま）から外の景色を覗（のぞ）いたが、日が落ち始めたせいで暗く、何も見えなかった。

「ねぇ、どこまで行くの？」

彼女が質問した相手は、キイスの町で出会った奴隷（どれい）商人だ。濃い口髭（くちひげ）を蓄（たくわ）え、暗い目つきをした年配の男である。

彼はレイハーネを値踏みするように眺めつつ、鷹揚（おうよう）に答えた。

「ユスラーシェの王宮にいる、第一王子付きの侍従ヒクマトさまのところだ。今、ちょうど王子のハレムが空いている。運が良ければ、そこに入れるかもな」

レイハーネは驚いて目を丸くする。

（ユスラーシェの第一王子？）

ユスラーシェは、アブタキアと友好的な関係にある隣国だ。だがレイハーネは、王子とは面識がなかった。

「そこに、カリマもいるのね？」

何度も確認したことだが、レイハーネは再び念を押す。

「あの男が連れてきた縮(ちぢ)れ毛の女だろう？　どこぞの屋敷で侍女をしていたというから、高値をつけて売ってやったさ」

あの男とは、顔に刀傷のある盗賊のことだ。その後をつけて暗い路地に迷い込んだレイハーネは、彼が目の前にいる奴隷商人と話をしているところを見かけた。

盗賊の男が立ち去ったのを見計らい、商人に声をかけると、先日カリマの身柄が取引されたことが分かった。さらに詳しく話を聞いたら、カリマは既に売られてしまった後だと言う。

『私を同じところに売って！』

レイハーネはそう頼み込み、今そこへ向かっている。

「お前を見れば、あの堅物(かたぶつ)王子の気も変わるかもしれん」

(堅物王子？)

どういう意味かと訊(たず)ねたが、商人の男はそれ以上何も言わなかった。

もしハレムなんかに入れられてしまったら、とても面倒くさいことになる。

だが、まずはカリマを見つけること。そして二人揃ってアブタキアに帰ることが最優先だ。

(いざとなったら正体を明かして、王子を説得すればいいわ)

とはいえ、信じてもらえるかは分からない。戯言(ざれごと)と聞き流され、あっさり殺されてしまう可能性もある。

レイハーネは思わずブルッと身震いした。

その時、ふいに兄ナジブの言葉が蘇る。

『理不尽な出来事に遭っても、気持ちを強く持たなくちゃいけない。必ず良くなると信じれば事態は好転する』

それは遠い昔、ナジブが母から教わったという理。

幼い頃に母を亡くしたレイハーネは、代わりにナジブから様々なことを教わった。

困った事態に陥ると、この言葉を思い出し、「なんとかなるわ」と呪文のように唱えてきたのだ。

(大丈夫。きっと、なんとかなるわ)

レイハーネは自らを鼓舞し、膝の上で拳を強く握りしめた。


奴隷商人の男と共に通されたのは、宮殿の裏門から入ってすぐ横に建つ、地味な造りの建物だ。

男が言うには、そこは使用人たちが暮らす屋敷らしい。

大きなテーブルと椅子が並ぶ食堂らしき部屋で、レイハーネはヒクマトと呼ばれる侍従の男に会った。

しわがれた声をしており、ちょうど父と同じくらいの年齢に見える。見上げるほど大きな身体に、いかつい口髭を生やしていた。

「また来たのかハビール。まさか以前のように、奴隷の買い付けなど行っていないだろうな」

ハビールと呼ばれた商人の男は、大げさに肩をすくめてみせた。

「とんでもございません、ヒクマトさま。こいつはキイスの町で拾ったんです」

〝こいつ〟と呼ばれたレイハーネの顔を、ヒクマトはマジマジと眺め、大きく目を見張る。

「ほう、これはまた美しい女だな」

それを聞いたハビールは嬉しそうに手を合わせた。

「王子のハレムにいかがです？　ラティーフさまがその気になってくれりゃあ、国中から美女を集めてきますぜ」

ヒクマトはハビールを冷静に見つめ返し、ため息を吐く。

「それができれば苦労しない。――だが、薦めてはみよう」

もしダメなら侍女にすると言って代金を支払った彼に、レイハーネの身柄は引き渡された。


案内されたのは、宮殿の奥まったところにあるハレムらしき場所。

アブタキアのそれと造りがよく似ている。

ハレムでは妻妾だけでなく、その子どもたちも一緒に過ごしていたから、レイハーネにも馴染みのある場所だった。

日はすっかり落ち、月と松明の明かりが、周囲をほんのり照らしている。

レイハーネが歩いているのは、庭園を一望できる二階の外回廊だ。

そこから庭を見下ろし、水がふんだんに湧き出る泉と、その周りを囲む緑の木々に見惚れる。

（すごいお庭……）

ここユスラーシェもガジェティフと同じく、領土の大半が砂漠だ。だが王宮は自然豊かなオアシスの中に建てられている。

(見たことない花や木がいっぱい)

植物が大好きなレイハーネは、先の見えない状況にもかかわらず手すりから身を乗り出し、月明かりに浮かぶ庭園を夢中になって眺めた。

数歩先を歩いていたヒクマトが足を止め、こちらを振り返る。

「娘。ここで待て」

「え？」

何か訊ねる間もなく、ヒクマトは足早にどこかへ姿を消した。

回廊の途中に放置され、レイハーネは所在なさげに辺りを見回す。

他に人の気配はなく、とても静かだった。

(どうしたらいいのかしら)

宵闇の中を、水の流れる音が緩やかに響く。木々は風に揺れ、葉擦れの音がさざ波のように寄せては返す。

それらを聞いているうちに、少しずつ気分が落ち着いてきた。

(本当に素敵……ガジェティフの宮殿も、これくらい緑に溢れていたらいいのに)

そこでレイハーネは自分の状況を思い出し、ハッとする。

早くカリマを見つけて国に帰らなければ、ガジェティフに嫁ぐこと自体できなくなるのだ。

一刻も早くここを出て、無事にアブタキアへ帰る方法を見つけなくてはならない。ここで長く足止めを喰らったりしたら……

(間違いなく、大騒ぎになるわ)

あの父のことだから、行方不明になった娘を捜すためには、大軍だって派遣しかねない。

レイハーネは、この隙にカリマを捜しに行くべきかどうか迷う。

その時、太い柱の向こうから足音がした。それは徐々にこちらへ近づいてくる。

やがて柱の陰から姿を現したのは、若い男性だった。

彼はアブタキアの精鋭と呼ばれた護衛たちより、ずっと身体が大きく、とても威圧感があった。

不機嫌そうにひそめられた眉。射抜かれてしまいそうなほど鋭い眼差し。

(誰?)

彼はレイハーネの真正面で立ち止まると、腹の底から響くような低い声で問いかけた。

「何者だ？　どうやってここに入った」

その声には他人を威圧し、従わせようとする支配的な響きがある。

「あの、私……」

レイハーネは肉食獣に狙われた獲物のように、震え上がった。

(どうしよう……不審者だと思われたら殺されちゃうかも)

そこへ彼の背後から、足音と共に大きなしわがれ声が響いてきた。

「ラティーフさま！」

姿を現したのは、レイハーネをここに放置した侍従の男だ。

「ヒクマト。これはなんだ」

「私が買い取った娘にございます。ラティーフさまにご覧いただこうと」

「俺に？」

若い男性はますます不審げに顔をしかめ、再びこちらを睨(にら)みつける。

レイハーネは頭から血の気が引いていくのを感じた。

（〝ラティーフ〟ってまさか……この人がユスラーシェの第一王子？）

顔を合わせるのは初めてだが、『大変有能で優れた人格の持ち主』だと聞いている。

（すごく恐い顔してるけど――）

ふいにラティーフが近づき、顔を覗(のぞ)き込んできた。レイハーネは思わず目を逸らし、後ろに一歩下がる。

「――ふん。大方、俺のハレムに入れようと思ったのだろう。だが残念だな、ヒクマト。俺は例のことに決着がつくまで、あそこに人を入れるつもりはないぞ」

「ですが、ラティーフさま」

「この女は、お前が屋敷に連れて帰れ」

ヒクマトは深いため息を吐(つ)いて答える。

「うちの人手は充分足りております。それに、もう決着はついたではありませんか。今後は混乱に備えて国内の結束を固めると共に、一刻も早くお世継ぎを……」

「あ～、うるさい！　言われなくても分かっている！」

その大きな怒鳴り声に、レイハーネは驚いて飛び上がった。

だがヒクマトは少しも怯むことなく、冷静に彼を見据えて言う。

「でしたらぜひ、ラティーフさまのハレムにお納めください。私からの献上品でございます。ご覧の通り、大変美しい娘ですし」

ラティーフは忌々しげにヒクマトを睨むと、黙ってレイハーネの腕を取った。

「へっ？」

「……とりあえず試してやる。だが気に入らなければ、すぐさま放り出すからな。——来い、娘」

「ちょっ、ええっ！」

（待って！　まさか、本当にハレムに!?）

しかも〝試す〟って何を——

ラティーフに力ずくで引きずられ、レイハーネは助けを求めてヒクマトを振り返る。

だが彼はうっすら微笑み、二人を満足げな表情で見送るだけだった。


ラティーフは、歩きながらレイハーネに問いかける。

「娘。名はなんという？」

「えっ、名前……」

急に言われて、レイハーネは動揺した。

（考えてなかった！　どうしよう）

当然ながら、正直に名乗る訳にはいかない。

彼女は外にチラリと目をやってから答える。

「レイラ……です」

〝夜〟という意味の名前だ。

(安直すぎるかしら)

レイハーネは下を向き、冷や汗をかいた。

「レイラか。……まぁ、ハレムに置くには相応しい名かもな」

その言葉にギョッとする。慌てて顔を上げたら、ラティーフと目が合った。

彼は足を止め、その場でレイハーネの全身を観察する。

彼女は緊張してゴクリと唾を呑んだ。

ラティーフの眼差しはあいかわらず鋭いが、不審者を見るような目ではなくなっている。

そして落ち着いてよく見ると、彼はとても男らしく整った顔立ちをしていた。

キリリとした太い眉。すっと通った鼻筋。厚みのある唇は意志の強さを表すように、固く引き結ばれている。

ただ、常に顔をしかめていて目つきが鋭い。だから恐い印象になるのだ。

レイハーネは少し冷静になり、彼の目をジッと見つめ返した。

(この人、いつもこんな顔してるの？　笑ったりしないのかしら)

笑ったら、きっと素敵なのに——

その時、ラティーフが低い声音で訊ねてきた。

「レイラ。お前は、どこの生まれだ」

(生まれ……なぜそんなことを?)

下手に誤魔化して、ボロが出ると困る。咄嗟にそう判断し、レイハーネは正直に答えた。

「アブタキアです」

すると、ラティーフの目がキラリと光った。

「アブタキア……そうか。お前は貴族の娘だな」

「えっ」

いきなり核心を突かれ、レイハーネは再びギョッとする。正確には貴族でなく、王族なのだが。

ラティーフは掴んでいた彼女の腕を持ち上げ、手の甲をスッと撫でた。

レイハーネは驚き、その手を引っ込めようとしたが、彼にキュッと握られてしまう。

「綺麗な爪に、なめらかな肌……これは働く者のそれではない。きちんと手入れされている」

(手……?)

いつの間にそんなところを見ていたのだろう。

彼のゴツゴツして骨ばった指が、レイハーネの細く白い指先を包んだ。

もう一方の手でまた甲を撫でられ、その感触にゾクリと肌が粟立つ。

レイハーネは鼓動が激しくなるのを意識しながら、懸命に言葉を探した。

「あの、私、ここには人を捜しに来ただけで……」

「人？」

ラティーフは意外そうに目を丸くする。だが、なぜか手は握ったままだ。

指先から伝わってくる彼の体温に、心臓はうるさいほど高鳴り続ける。

レイハーネは意を決して顔を上げ、正面から彼を見つめた。

「少し前に、カリマという女性が来ませんでしたか？　商人から彼女をここへ売ったと聞いたので、私のこともそうして欲しいと頼んだんです」

そのまま二人は、しばし見つめ合う。

彼は眉根を寄せ、何かを思案する様子を見せた。

「そのカリマとやらは、お前のなんなのだ。ただの知人を捜すために、貴族の娘が自分を奴隷として売るなど……普通は考えられない」

レイハーネは息を呑み、ラティーフの藍色の瞳を見つめた。

彼が『大変有能で優れた人格の持ち主』だというのは、案外本当なのかもしれない。

「カリマは私の侍女です。幼なじみで親友で、姉のような存在なの」

「その侍女が、何かの間違いで奴隷となり、ここに売られたと？」

「はい！」

力強く頷いてみせると、ラティーフはさらに眉根を寄せた。

「イマイチ信じられん。それが本当だとしても、普通追いかけてくるか……？」

レイハーネは、むうっと頬をふくらませてラティーフを睨んだ。

「私は親友を見捨てたりしないわ！」

すると彼は、意外そうな顔で呟(つぶや)く。

「お前……俺の顔が恐くないのか」

「へ？」

急にそんなことを訊(き)かれ、レイハーネは目を丸くした。

（顔……？）

ラティーフは口元に手をやり、視線をわずかに逸らして言う。

「大抵の女は、俺の顔を恐がる。近づいてくる者たちも皆、媚(こび)を売りながらも内心では怯(おび)えているのが分かる」

レイハーネは首を傾げ、ラティーフの顔を覗(のぞ)き込んだ。

「うちのお父さまのほうが、よっぽど恐い顔してるわ。それに、あなたはとてもハンサムよ。多分、その……眉間(みけん)のシワが良くないんじゃないかしら」

そう言って両手を伸ばし、彼の額(ひたい)に刻まれた縦ジワを指で押さえる。

ラティーフは呆然と目を見開き、固まっていた。

「ほら、やっぱり。ここが伸びてれば全然恐くな……」

視線を下げた途端、彼とバッチリ目が合ってしまい、レイハーネはハッとする。

（私ったら、何を……）

慌てて引っ込めようとした手を、ラティーフが両手で掴んだ。

「わっ」

「レイラ――」

ぐいっと引き寄せられ、彼の顔が至近距離まで近づく。

「お前のような娘は初めてだ。俺を恐がることも、王子だからと媚(こ)びることもしない」

「それは……っ」

自分も王族だからだとは言えず、レイハーネは口ごもった。

「俺はずっと、そんな相手を探していた。それにヒクマトの言った通り、お前は見れば見るほど美しい」

「え、いや……ちょっ」

どんどん近づいてくる彼に戸惑い、レイハーネはその手を懸命に振りほどこうとした。

だがラティーフの力は強く、大きな手はビクともしない。

「暴れるな。悪いようにはしない」

「え」

(何するつもり――?)

レイハーネが混乱する隙(すき)を突き、ラティーフは素早く彼女の唇を奪った。

驚きのあまり硬直したレイハーネの腰に腕を回し、華奢(きゃしゃ)な身体を抱き寄せる。

体格差があるので、腕の中に収まってしまうと容易には抜け出せない。

レイハーネは唇に吸いつかれたまま必死にもがいたが、どうにもならなかった。

上手く息を継げず苦しくなった彼女は、喘ぐように唇を開く。

するとラティーフはすかさず舌を滑り込ませてきた。レイハーネは更なる驚きと混乱で、頭の中が真っ白になる。

（これは、何……）

彼の舌が逃げ惑うレイハーネの舌を絡め取り、擦り合わせる。

腰から背中にかけて、これまで感じたことのない痺れがゾクリと這い上がった。

まるで味わうように口蓋をなぞられ、舌を吸われる。息苦しさの限界が近づき、レイハーネの足はガクガク震えた。

ついに膝が崩れ落ちると、ラティーフはようやく唇を離して言った。

「――決めた。お前を俺の最初の妻にする」

（は……？）

荒い呼吸を繰り返しながら、レイハーネは呆然と彼の顔を見上げる。

「つま……？」

「妻は妻だ。お前はたった今から、俺のハレムの住人だ。他には誰もいないし、好きなように暮らすといい」

（いやいやいや、ちょっと待って――！）

「だから、私は侍女を……っ」

「それは俺が捜してやる。見つかりさえすれば、お前も安心できるだろう」

「そうじゃなくて！」

「なんだ」

ラティーフは真面目な顔をして、レイハーネを見つめる。

「私、ハレムに入るつもりはありません！」

「……それはヒクマトに言え。お前は奴からの献上品で、俺はお前が気に入った。何も問題はない」

レイハーネは言葉に詰まり、上手い言い訳を必死で考えた。だが何も出てこない。

それを見たラティーフは口の端を上げて笑うと、彼女を軽々と担ぎ上げた。

「きゃあああっ！」

「とりあえず今夜は休め。近いうちに呼んでやる」

「は？　呼ぶってどこに……」

「寝所に決まってるだろう。俺の夜伽をするんだ」

「いやあぁぁ」

レイハーネが首を横に振っても、ラティーフは可笑しそうに笑って受け流した。

肩に担がれたまま、レイハーネは「放してっ」「妻になんかならないってば！」と叫ぶが、彼はこれっぽっちも気にせず歩いていく。

そのままハレムの一室に運ばれ、座り心地の良い長椅子に下ろされた。

その瞬間、彼の顔が近づき、また口づけをされてしまう。

「んーっ！」

唇をすぐに離し、ラティーフは意味ありげに笑った。

「色気は少々足りないが……お前といるのは、なかなか楽しそうだ」

「楽しくない！　もう放して！」

すると今度はあっさり手を離し、彼は一人で立ち上がる。

「後で世話役の侍女を寄越す。勝手に外に出るなよ。ヒクマトの面目を潰せばタダじゃ済まないぞ」

ラティーフは言いたいことだけ言うと、軽く手を振りながら部屋を出ていった。

彼の姿が見えなくなった途端、レイハーネは長椅子の上にヘナヘナと倒れ込む。

「なんなのよ、も～」

どうやら、最悪の事態に陥(おちい)ることだけは免(まぬが)れたようだ。だが絶体絶命の状況に変わりはない。

「どうしよう……カリマもまだ見つかってないのに」

ラティーフ王子の夜伽(よとぎ)だなんて――

レイハーネはため息を吐(つ)き、今いる部屋の中をゆっくりと見回した。

石造りの柱や床には細かい彫刻がなされ、凝(こ)った刺繍(ししゅう)の施(ほどこ)された織物や絨毯(じゅうたん)が敷かれている。

暗かったので壁に備え付けられたランプに火を入れたら、ランプシェードには草花の見事な文様が浮かび上がった。

部屋の中は風通しが良く、どこからか艶(つや)やかな花の香りが漂(ただよ)ってくる。その香りにつられて窓から外を覗くと、先ほどの見事な庭園を一望することができた。

レイハーネは途方に暮れ、窓辺でぼんやりしてしまう。

しばらくして、ハレムの監督官と名乗る、人の好さげな老人が部屋にやってきた。

続いて姿を現したのは、黒い縮れ毛を一つに纏め、褐色の肌に黒い瞳をした女性——

「カリマ!?」

「ひ、姫さま!?　なぜこんなところに——」

レイハーネの姿を認めた途端、カリマは目を剝いて叫んだ。


監督官の老人はすぐに去り、レイハーネとカリマは二人きりになった。

カリマは先ほど、唐突にハレムでの侍女の仕事を命じられたらしい。

彼女はレイハーネの顔を見て脱力し、その場に膝をついた。

「一体なんのための身代わりですか……追いかけてきてどうするんです！　しかもラティーフ王子のハレムにいるとかっ」

レイハーネはシュンと肩を落とし、カリマの前にしゃがみ込む。

「ごめんなさい……。でも心配だったの。無事で良かったわ、カリマ」

そう言って笑ってみせると、カリマは床に手をつき、ガクリと頭を垂れた。

「そんな殊勝な顔をなさっても、私は誤魔化されませんよ」

「別に誤魔化そうとなんか……」

「姫さま。ご自分がここにいることの意味をちゃんと理解されてますか？　こんなことがあちらにバレたら……」

レイハーネは首を傾げる。

「あちらって？」

「やっぱり分かってなーーいっ!!」

カリマは頭を抱えて叫び、そのまま床に這いつくばってしまった。


部屋に香を焚き、食事の支度を整えたところで、二人はやっと落ち着きを取り戻した。

すでに真夜中に近い。

カリマは周囲に誰もいないことを確認し、レイハーネに詰め寄る。

「で、どうするつもりですか、姫さま」

「どうするって？」

「ここにいることがガジェティフに知れたら、大変なことになりますよ」

――ガジェティフ。レイハーネの婚約者がいる国。

アブタキアとガジェティフの関係は良好だ。近々レイハーネがあちらに嫁ぎ、婚姻関係も結ばれる予定になっている。

だが、ここユスラーシェとガジェティフの関係は近年、悪化の一途をたどっていた。砂漠の曖昧な境界線を巡り、両国は小競り合いを繰り返している。

「うちの王さまに知られただけでも大変です。ユスラーシェの王子が姫さまを誘拐したと思われたら、ガジェティフだけじゃなくアブタキアもユスラーシェと戦をすることになりますよ」

「え……誘拐？」

思ってもみなかったことを言われ、レイハーネは目を丸くした。

カリマは焦れったさに身を捩りながら訴える。

「そうです。私たちが何者かに誘拐されたことは、護衛が国に報告しているはず。ここにいるのが知られたら、姫さまを誘拐したのはラティーフ王子だと思われちゃうじゃないですか」

必死に説明され、やっと状況が理解できたレイハーネは青ざめた。

末姫を誘拐された父や兄たち、そして婚約者を奪われたダール王子は、ラティーフを敵視するだろう。

「どうしようカリマ。私、そんなつもりは……」

「それよりも！　一番マズいのは、ここがハレムだってことです。ラティーフ王子に無理矢理迫られたりしたら、どうするんですか？」

レイハーネは先程の彼の言動を思い出し、さらに青ざめた。

「そっちもどうしよう。私、なぜかラティーフさまに気に入られちゃったみたいなの」

それを聞いた途端、カリマの顔も一気に青ざめ、凍りついた。

「――じゃあ、ラティーフ王子はまだ、姫さまの正体に気付いてないんですね」

カリマの問いに、レイハーネはコクリと頷く。

「気付かれたら、それこそ逃がしてもらえなくなるかもしれません。ラティーフ王子は、確か……」

「何？」

カリマは難しい顔をして、レイハーネを見つめた。

「姫さまに求婚していた王族のうちの一人です。だからハレムが空だったんですよ」

〝レイハーネをただ一人の妻として迎え、大切にすることを約束した者と結婚させる〟

父王が出した前代未聞の条件を、彼は律儀に守ろうとしていたのだろうか――

レイハーネは驚いて目を丸くする。

「意外と真面目なのね」

「裏を返せば、融通が利かないってことでしょう」

カリマは苦笑いして、軽いため息を吐いた。

「姫さまの正体を知ったら、王子は力ずくで手に入れようとするかも。バレる前に、なんとしてもここを出なければいけません」

カリマの言葉に、レイハーネは力強く頷いて立ち上がる。

「行くわよ、カリマ！」

すると、カリマはなぜかガックリと肩を落とした。

「いえ……今すぐ出るというのは、さすがに無茶です。私もここへは昨日来たばかりで、宮殿内の様子もロクに分かっていません。もう少し調べる時間を下さい」

レイハーネは肩透(かたす)かしを喰らい、再び椅子に座った。

「もう少しって、どのくらい？」

「そうですね……最低でも五日くらいは」

「五日⁉　私、ラティーフ王子から逃げ切れる自信ないわ……」

初対面の今日だけで、すでに二度も口づけをされてしまったのだ。

あの体格で強引に迫られたら、逃げるのは難しいような気がする。

「じゃあ三日でなんとかします。夜伽(よとぎ)を免(まぬが)れる口実も、一緒に考えておきましょう」

二人は顔を見合わせ、真剣な表情で頷き合った。

＊

昼間、カリマが侍女としての仕事をこなしつつ、あちこち調べ回っている間――

レイハーネはやることがなく、ヒマを持て余していた。

せめてカリマの邪魔にはならないようにと思い、一人で庭へ出る。

（あーあ）

よくよく考えてみたら、自分のしたことは全て裏目に出ている。

もしレイハーネが追いかけてこなければ、しっかり者のカリマのことだから、隙(すき)を見て容易に逃げ出すことができただろう。

他にも色々な人に迷惑をかけている。

黙ってキイスに残してきてしまった護衛たち。

心配しているであろう父や兄。

そして嫁ぎ先であるガジェティフと、戦になるかもしれないユスラーシェの王子にも。

さすがに落ち込み、レイハーネは俯く。そんな彼女の足元を、小さなトカゲが走っていった。

つられて視線を動かせば、トカゲは草花の下に素早く潜り込み、姿が見えなくなる。

レイハーネは、ゆっくりと顔を上げた。

日の当たる真昼の庭園は、夜と違ってとても色鮮やかだ。

自己嫌悪に沈んでいた気持ちも、豊かに生い茂る木々や花に囲まれていたら、徐々に浮上してきた。

色とりどりの花を観察しながら歩いていたレイハーネは、やがて庭園の中央にある泉にたどり着く。

「こんなに綺麗な湧き水はめったに見ないわ」

豊富な水を湛えた泉は、砂漠のオアシスとは思えないほど澄んでいた。

レイハーネは泉を囲う石垣に登る。

そこにしゃがんで身を乗り出し、水に触ろうと腕を伸ばした。

「おい！」

背後から急に声をかけられ、レイハーネは驚いてビクッと震えた。

その拍子にバランスを崩し、濡れた石垣で足を滑(すべ)らせてしまう。

「きゃっ！」

咄嗟(とっさ)に掴めるものが無く、その手はむなしく空を掻(か)いた。レイハーネの身体はそのまま吸い込まれるように水面へと落ちていく。

大きな水音が立ち、全身に痛みにも似た冷たさを感じた。

泳げないレイハーネはパニックを起こす。

「レイラ！」

聞き覚えのある男性の声が、遠くに聞こえる。

助けて、と叫ぼうとして口を開け、大量の水を飲み込んでしまった。

(苦しいっ――――！)

目をギュッとつむった瞬間、何かが水の中に飛び込んできた。

直後、腹部に強い圧力を感じ、身体が急浮上する。

腹部に回された腕にみぞおちのあたりを圧迫され、レイハーネは水を一気に吐き出した。

「ゲエホッ、ゲホッ……！」

「大丈夫か」

「がっじょ……ぶざ、ゲホッ、ないぃぃっ！」

「落ちつけ。浅いから足はつく」

「ばないだい（鼻痛い）ぃ～～っ」

助けてくれた人に支えられ、レイハーネはなんとかその場に立つ。確かに水は腰の高さまでしかなかった。

だが、鼻やら気管やらに水が入ったせいで、目の奥や喉がひどく痛む。

レイハーネは恐怖と全身の痛みに混乱したまま、「うえっ、うえっ」と嗚咽を漏らした。

「泣くな。余計息が詰まるだろう。ちゃんと呼吸しろ」

「うぐぅ～、うえっ、ええ～～っ」

「もう大丈夫だから。ほら、泣きやめ」

そう言って抱きしめられ、大きな手でやさしく頭を撫でられる。

その時、遠くから複数人の足音が近づいてきた。

「ラティーフさまっ！　何事ですか!?」

「ああ。こいつが足を滑らせただけだ」

(ラティーフさま？)

少し混乱が収まってきたレイハーネは、頭上で交わされる会話を聞きながら、目をパチパチと瞬かせた。

自分が抱きつき、一緒にびしょ濡れになってしまっている、この男性は……

おそるおそる顔を上げれば、それに気付いた彼と目が合う。

予想通り、目の前にいたのはラティーフ王子その人だった。

「きゃーっ！　ごめんなさいっ、放して！」

焦って飛び上がり、彼から距離を取ろうとする。

「おい、暴れるなっ」

「ひゃっ！」

レイハーネは水底で足を滑らせ、今度は尻から水の中に落ちた。

だが、すぐに両脇を抱えられ、引き上げられる。

「何をやってるんだ、お前は」

「だって……っ」

「おっと。――おいお前たち、あっちを向け！」

何かに気付いたラティーフは、石垣の向こうにいる侍従たちにそう命じた。

彼らは言われるまま、素早く背を向ける。

レイハーネは意味が分からず首を傾げた。

「……何？」

「さて、どうするかな。とにかく水から上がらないと、身体が冷える一方だ」

ラティーフは独り言のように呟き、レイハーネの顔を見つめた。

「おとなしくしてろよ」

「え？」

彼は軽く屈むと、その逞しい腕をレイハーネの腿の後ろに回した。そのまま立ち上がり、彼女の身体を軽々と担ぎ上げる。

「ひゃああっ！」

「しっかり掴まってろ。……その美しい身体を見せびらかしたいのなら、止めはしないが」

「え？」

レイハーネはそこで初めて自分の身体を見下ろし、ハッとした。

衣服は水に濡れて貼りつき、肌が透け、身体の線もクッキリ露わになっている。

「きゃあぁぁっ！」

「暴れたら落とすぞ」

「いやーっ！」

恥ずかしいのも嫌だが、また水に落ちるのはもっと嫌だった。

レイハーネは彼の首に腕を回して、思いきりしがみつく。

「ごめんなさい……」

さすがに申し訳なくなり、小さな声で謝った。

するとラティーフは、彼女の耳元でフッと笑う。

「俺は役得だから気にしなくていい。それより、お前の侍女はどうした」

ラティーフは石垣を跨いで泉から出ると、レイハーネを抱いたまま建物に向かって歩き出した。

「カリマは……っと、そうだわ。あなたが彼女を見つけてくれたの？」

「ああ。俺は捜すように指示しただけだが、見つかったのなら良かったな」

「ありがとう。……その、さっきも助けてくれて」

「いや。あれは半分、俺のせいだ」

急に声をかけて驚かせたことを言っているのだろうか。だがそれも、元は身を乗り出していた自分が悪かった気がする。

なんとなくラティーフの横顔を見つめていたら、彼はふいに立ち止まり、こちらに顔を向けた。日の当たる場所だと、藍色（あいいろ）の瞳はより青みがかって見える。その色は浅黒い肌と黒髪に映え、レイハーネは吸い込まれそうな感覚を抱いた。

「どうせなら、一緒に温まるか」

レイハーネはハッと我に返り、目を瞬（またた）かせる。

「はい？」

「このまま湯殿に行くぞ。風邪でもひかれて夜伽（よとぎ）ができなくなっては困る」

一瞬、何を言われたのか分からなかった。

だが〝夜伽〟という言葉に反射的に抵抗を感じ、レイハーネは彼の肩の上で暴れる。

「やだっ、下ろして！」

「なぜだ。せっかく温めてやろうとしているのに」

「そんなの自分でなんとかするから、いいってばっ」

ラティーフは愉（たの）しげにクククと笑うと、レイハーネの抵抗などものともせず、湯殿へ向かって再び歩き出した。

その後も暴れるだけ暴れたが、彼には敵（かな）わず、レイハーネは力尽きる。肩の上でグッタリしていたら、いつの間にか湯殿に到着していた。

浴室の手前の脱衣所で、濡れた衣装を脱がされそうになる。

「このままじゃ風邪をひく」

レイハーネは、また必死に抵抗した。

「そのほうがマシ！　絶対脱がないから！」

押し問答の末、レイハーネの身体が冷え切ってしまうのを心配したラティーフが、もう一度彼女を担ぎ上げた。そして自らも服を着たまま浴室へ行き、湯の中へ入る。

「なんで……っ」

「一緒に温まろうと言っただろ」

「私はいいって言ってない！」

結局、レイハーネは濡れた衣装を身に纏（まと）った状態で、湯に浸（つ）かることになった。それも、ラティーフの腕の中で。

十人は余裕で入れそうな広さの湯船には、たっぷり湯が張られている。

床と柱は大理石。丸い天井にはモザイクのガラスがはめ込まれ、日の光を受けてキラキラと美しく光っていた。

「あの……お願いだから、手を離して」

「ダメだ。もう少し身体を温めろ。本当は服を着たまま入るものじゃないんだが」

「それくらい知ってます！」

だからといって、脱ぐかどうかは別問題だ。

濡れて貼りついた衣装に透けた肌と、露わになっている身体の線を見られてしまうことが、何よりも恥ずかしい。

「細い腰だ。腕も脚も。あまり鍛えてないだろう」

「だって、そんな必要ないもの」

「ふん。貴族の娘なら仕方ないが……。いざという時、走って逃げられるくらいの体力はあったほうがいいぞ」

そう言うラティーフは全身が筋肉に覆われ、必要以上に逞しく見えた。

首すじから肩までをそっと撫でられ、レイハーネはくすぐったさに身を捩る。

ラティーフは彼女の長い髪を手でよけて、露わになったうなじに唇を這わせた。

「やっ、あ……なにっ……」

「いい香りだ。甘い、花の蜜のような――」

熱くぬめった舌が首すじを伝っていく。レイハーネの背中に甘い疼きが走った。

「やめ、て」

「レイラ……」

ラティーフの吐息に熱が籠もる。

艶のある低い声が、彼の情欲を伝えてきた。

大きな手が華奢な鎖骨をなぞり、そこだけ豊かに膨らんだ胸を、濡れて貼りついた衣装の上から

触る。

「あっ、ん」

「ここまで濡れていたら、脱がさなくても身体の美しさがよく分かるな」

レイハーネは羞恥のあまり、頬がカアッと熱くなるのを感じた。

プクリと立ち上がった胸の頂が、図らずもその存在を主張している。

「見ないで……っ」

顔を背けると、ラティーフはここぞとばかりにその頂を、布の上から口に含んだ。

「ああっ……！」

彼の舌が、膨らみの先端を転がすように舐る。その熱さが布越しに伝わってきて、レイハーネは震えた。

恥ずかしさと混乱で、頭の中が真っ白になってしまう。

息も絶え絶えに身を捩るが、ラティーフの腕は彼女を決して逃がさない。むしろ、より強く拘束してくる。

左右の頂を交互に弄られ、レイハーネは泣き声を漏らした。

「も、だめ……許して……」

ラティーフは片方の尖りを咥えたまま、ニヤリと笑う。

「こんなに敏感で快楽に弱いとは――嬉しい誤算だ」

「やっ……」

「さっきまでの威勢はどこへ行った？　嫌なら抵抗してみろ」

そうけしかけながらも、彼は肩のあたりから手を入れて、彼女の衣装を脱がしにかかった。

貼りついていた布を果実の皮みたいに剥(む)き、肌を露(あら)わにしていく。

「まるで絹のような肌をしている。白くなめらかで……柔らかい」

ラティーフは、レイハーネの肌を隅々まで残らず確かめるように触れていった。

胸だけでなく、うなじや背中、脇や腹までも。

「んっ、あ、……っ」

力の抜けた彼女の身体を湯船の縁(ふち)に座らせて、そのまま床に押し倒す。そうして、腰に絡みついた衣装をさらに剥いていった。

レイハーネに考える隙(すき)を与えず、ラティーフは次々と攻めてくる。

下腹からまろやかな胸の膨(ふく)らみへ手を滑(すべ)らせ、胸の突起を直(じか)に弄(もてあそ)んだ。

そうしながら肌に唇を這(は)わせ、鎖骨のあたりから首すじ、そして唇に吸いつく。

「ん、ぅ……っ」

思わず開いてしまった唇の隙間(すきま)から、彼の熱い舌が入り込んだ。

（ダメ……こんな……）

このままでは、ラティーフに全てを奪われてしまう。

だが熱い舌はねっとりと絡み合い、彼の手はレイハーネの肌を飽きることなく弄(いじ)って、敏感な箇所を順番に探り当てていく。

唇が離れた瞬間、レイハーネは顔を背けて懇願する。

「お願……い、やめっ……」

——その時。

柱の向こうから、パタパタと騒がしい足音に続き、若い女性の声がした。

「あら？　やだ、誰かいるの？」

ハタと手を止めたラティーフと、組み敷かれたままのレイハーネは、揃って声のしたほうを振り返った。

「きゃっ!?　えっ、な……ラティーフさまっ！」

侍女の格好をしたその女性は、ラティーフと、彼に押し倒された状態のレイハーネを見て、顔色を変える。

「しっ、失礼しましたっ!!」

焦って腰を抜かした彼女は、床を転がるようにして浴室から出ていった。

(待って！　置いてかないでーーっ！)

ラティーフの手の力が緩んだ隙に、レイハーネは身体をクルッと捻る。そして床に横臥した体勢で声を上げた。

「もう温まったから！　放してーっ!!」

下穿き以外ほぼ剥かれてしまったので、半裸というより全裸に近い。

レイハーネは脱がされた衣装を必死でかき集め、床にうつ伏せたまま丸くなった。

それを見たラティーフは、唇の端に笑みを湛え、レイハーネの背中にわざと音を立てて口づける。
思わず声が漏れそうになるのをなんとか堪え、レイハーネはさらに小さく縮こまった。

「仕方ない。この続きは寝所でするしかないな」

「続きって……寝所になんて絶対行かないから！」

「言っただろう、すぐに呼ぶと」

「呼ばなくていい！」

ラティーフは笑いながら身体を起こした。

レイハーネは慌てて彼の下から抜け出すと、湯船を突っ切って端に寄り、ジッとラティーフを睨みつける。

彼はそれを可笑しそうに眺めた後、湯船から上がり、びしょ濡れのまま浴室を出ていった。

（私、助かったの……？）

そんな気は全然しなかったが、しばらくしてもラティーフが戻ってこなかったので、レイハーネはようやく息を吐いた。

「もう、やだ……早く帰りたい……」

力では絶対に敵わないのも怖いが、それよりも、気持ちとは裏腹に反応してしまう自分の身体が怖い。

彼に触れられると腰から背中にかけてゾクゾク震え、あっという間に全身が熱を帯びる。これまで発したことのない甘ったるい声が漏れ、力が抜けてしまうのだ。

（なんで……私、あんな……）

レイハーネは湯船の中に頭まで沈み、膝を抱えてギュッと目をつむる。

そして恥ずかしい記憶を頭から追い出そうとしたが、それは簡単には消えてくれなかった。

びしょ濡れになった衣装を絞り、なんとか身に着けて部屋に戻ると、その姿を見たカリマが「ぎゃーっ」と絶叫した。

「何があったんですか、姫さま!?」

「実は、泉に落ちて……」

そう言いつつも、全身を上気させているレイハーネに、カリマは首を傾げる。

「泉って、温泉ですか？」

「違うわ。庭の泉よ。溺れそうになって……その、ラティーフさまに助けられたの」

「ええっ」

その後、心配したカリマから色々訊かれたが、昨夜に引き続き貞操の危機に陥ったことは、恥ずかしくて口にできなかった。

「何もなかったのであれば、良かったですが……」

「でも、寝所に呼ぶってまた言われちゃったわ」

「うわ……完全に狙われてますね。じゃあ着替えたら、まずはどの手を使って夜伽を断るか決めましょうか」

レイハーネは乾いた服に着替え、一息吐いてからカリマと相談する。

二人で色々考えた結果、一番手堅いと思われる『仮病』を使うことにした。

「ちょうど水に落ちたことですし、風邪をひいたと言うのが自然ですよ」

「分かったわ。本当に呼ばれれば、の話だけどね」

夜伽の命は普通、当日の早い時間に届く。寝所に上がるには、それなりの準備が必要になるからだ。

さすがに今日は呼ばれないだろうと思っていたが、部屋へ戻ってから一刻も経たないうちに、監督官の老人が訪ねてきた。ラティーフ王子から夜伽の指名があったと言う。

「すみませんが、うちのレイラさま、風邪ひいちゃって！　王子にうつす訳にはいきませんから、お断りさせていただきます」

カリマが全力で嘘をつくと、老人は開いているのかどうか分からないほど細い目を瞬かせ、残念そうに唸った。

「そうか……それは残念だの。あの王子がようやっと奥方を迎えたもんで、皆喜んでたんだが」

「あ～……えっと、王子ってずっと前から奥方がいないんですか？　アブタキアの王女に求婚するためにハレムを空けてた訳じゃなく？」

カリマの問いに、老人は静かに頷いた。

「ラティーフさまに奥方がいたことは一度もない。あんたの主人が正真正銘、初めての奥方さまだ」

「なんで？　だってよりどりみどりでしょう、普通」

カリマが怪訝な顔をすると、老人は「ふぉっ、ふぉっ」とくぐもった声で笑った。

「実はな、ラティーフさまは顔が恐いのを気にしとるんだよ。幼い頃から気持ちの優しい御方だったからな。自分の妻まで怯えさせるのは耐えがたいんじゃろ」

「はぁ……」

とりあえず夜伽は断り、レイハーネのいる寝室に戻ってきたカリマは、念のため布団に潜っていた彼女に訊ねてみる。

「姫さまはラティーフ王子の顔、恐くないんですか？」

レイハーネは大きな目をパチパチと瞬かせ、首を傾げた。

「ラティーフさまにも同じこと訊かれたけど……。顔の恐さでいったら、うちのお父さまに敵う人はいないと思うの」

「それ、王子にも言っちゃったんですか？」

「うん」

素直に頷くレイハーネを見て、カリマは大きなため息を吐いた。

「なるほどね」

「何が？」

「……なんでもありません」

肩をすくめるカリマを、レイハーネは不思議そうな顔で見つめた。

＊

レイハーネが体調不良のために夜伽（よとぎ）を断ったと聞き、第一王子付き侍従ヒクマトは不機嫌そうに眉根を寄せた。

同じ部屋にいたラティーフは、軽く笑って「ふーん」と呟（つぶや）く。

「いいんですか、ラティーフさま」

「具合が悪いなら仕方ないだろう。別に急ぐものでもない」

ヒクマトは軽く目を見張り、王子の顔色を窺（うかが）う。なぜか、彼はとても機嫌が良さそうだった。

「……お気に召していただけたようで、何よりです」

「ああ。気に入った。威勢が良くて、俺に対しても物怖（ものお）じしないのがいい」

「それは、単に生意気なだけでは……」

ラティーフはククッと笑い、椅子に座ってゆったりと足を組んだ。

「そんなことはない。なかなか可愛いものだ。ただ――」

「ただ？」

「出自が少し気になっている。アブタキアの貴族の娘だと言っていたが、あの二人は、キイスの町の商人が連れてきたのだろう？」

ヒクマトは頷（うなず）き、商人ハビールとの会話を思い出す。

「はい。町で拾ったと言っていました。侍女のほうは、顔に傷のある旅人らしき男から買い取ったとも」

「顔に傷……？」

その言葉でラティーフは、ある男の顔を思い出した。だが、それをすぐに頭から追いやる。

あの男がこの件に関係しているとは考えにくい。

そしてラティーフは何かを考え込むように、ジッと空を見つめた。

「なぜ貴族の娘付きの侍女が、奴隷として売られたのか……。それに、レイラの実家が彼女を捜しているだろう。調べてくれないか、ヒクマト」

「娘の素性と、実家の状況を調べればいいんですね。承知いたしました」

「頼む」

ヒクマトは従順に頭を下げ、さっそく部屋を出ていった。

その後ろ姿を見送って、ラティーフも立ち上がる。

（本人に訊くのが一番早いがな）

だが、どんな話も裏を取ることが重要だと、ラティーフは知っている。彼女が嘘をつく可能性も当然ありうるからだ。

「さて……また楽しませてもらおうか」

彼は部屋を出ると、ハレムのある方角に向かって歩き出した。

＊

夜伽を断ったレイハーネが、あとは寝るまでのんびり過ごすだけだと油断していたら、見知らぬ侍女が部屋に顔を出した。

「レイラさま。こちらにラティーフさまがおいでになります」

「は？」

（なんで!?　夜伽は断ったのに――）

レイハーネは困惑し、カリマの姿を捜してハッとする。

彼女は今、宮殿内の建物の配置と逃げ道を調べるため、外に出ているのだ。

「ど、どうしよう……」

（向こうがこっちに来るって、そんなのアリ――？）

何をどうしたらいいか分からず、レイハーネは部屋の中をウロウロ歩き回る。

すると一度去った侍女が再び現れ、その後ろにラティーフの姿があった。

（ぎゃっ！　本当に来た！）

侍女が下がり、ラティーフと二人きりになる。

彼はこちらをマジマジと見つめ、可笑しそうに笑った。

「体調不良なんだろう？」

「いっ‼　……あ、はい」

「寝てなくていいのか？　まあ、見た目はとても元気そうだが」

――仮病だと一目でバレてしまったようだ。

レイハーネはそそくさと長椅子に歩み寄り、そこに腰かけた。

「ついさっきまで休んでいましたから、ちょっとだけ元気になったんです」

ラティーフは軽く噴き出した後、豪快に笑う。

「それは何よりだ。元気になって良かったな」

「何しにいらしたんです？」

レイハーネが睨(にら)みつけると、彼も長椅子に近づいてきて、すぐ隣に腰かけた。

「様子を見に来たんだ。風邪をひいたと聞いて、心配になってな」

「そっ、それはどうも……」

「見に来て良かった。元気そうで安心したぞ」

レイハーネは疑いの眼差しを彼に向ける。

(仮病だって、分かってるくせに――)

だが彼は、なぜだかとても優しい目をして、レイハーネを見つめた。

「お前の侍女はどうした？」

「カリマは……今ちょっと出ています。あっ、でもすぐに戻ってきますから！」

また手を出されては困ると思い、レイハーネは警戒しながら答える。

「そうか。じゃあ今は二人きりだな」

「いえ、だから……っ、すぐに戻ってくるんだってば！」

一段と近くに迫るラティーフの胸を、レイハーネは両手で懸命に押し返した。

少しでも油断したら、また湯殿の時と同じような痴態(ちたい)を演じることになってしまう。

ラティーフは楽しげに笑い、レイハーネの腰に腕を回した。

「はっ、放して！」

「嫌だ」

「は——？」

彼はククと含み笑いを漏らし、低い声で囁(ささや)く。

「——お前の家は、どこだ？」

レイハーネはギクリとして、身を固くした。

(何を、いきなり……)

こちらの様子を注意深く観察しながら、ラティーフは言う。

「正直に答えたら、この手を離してやってもいい」

「ア……アブタキアの貴族よ。そう言ったじゃない」

「家名を教えてくれ」

「それは……」

レイハーネは口ごもる。

「なぜ言わない？」

こればかりは答えられない。彼にこちらの正体を知られる訳にはいかないのだ。

レイハーネは困って下を向いた。

「言いたくない」

拒否の言葉を聞いて、ラティーフは厳しい表情を浮かべる。

「なぜだ。そもそもお前たちは、なぜキイスの町にいた？　二人だけであそこまで来たのか」

「違います！　護衛が何人かついていたわ。でも、カリマが私の代わりに誘拐されてしまって……」

「誘拐？」

ラティーフは眉間のシワを一段と深くした。

「キイスに行く前に、国境付近の砂漠にいたら、盗賊に襲われたの。相手は馬に乗ってて……顔に傷がある男だったわ」

レイハーネの説明に、彼は頷く。

「カリマを商人に売ったという男か」

「なぜ知ってるの？」

「商人がそう話していたと、ヒクマトから聞いた」

レイハーネは納得し、ラティーフから再び目を逸らした。

「私の代わりに攫われたカリマを置いて帰るなんて、できなかったわ」

「だが無謀もいいところだ。護衛たちやお前の家族は、さぞ心配しているだろう」

その言葉で、彼女の胸はズキリと痛んだ。

「家を教えろ。俺が連絡を取ってやるから」

途端にレイハーネは迷い始める。

彼の申し出に応じ、家族に連絡を取ってもらったほうがいいのではないか――と。

だが、そこでカリマの言葉を思い出した。

『うちの王さまに知られただけでも大変です。ユスラーシェの王子が姫さまを誘拐したと思われたら、ガジェティフだけじゃなくアブタキアもユスラーシェと戦をすることになりますよ』

たった数日といえど、自分がラティーフのハレムにいたことは確かなのだ。

どんな事情であれ、それが父や婚約者のダールに知られたら――

レイハーネはギュッと目をつむり、首を横に振った。

(ダメだわ。絶対に疑われる)

たとえ誘拐じゃないことは分かってもらえたとしても、ラティーフと自分の間に何かあったと疑われるのは目に見えていた。

その場合、疑いを晴らせなければ、ユスラーシェと戦になってしまうかもしれない。

(彼に何も知らせないまま、私が国に帰るのが一番いい)

黙って唇を噛みしめるレイハーネを見て、ラティーフは怪訝な顔をした。

「秘密にしなければならない理由が、分からない」

「言いたくないだけよ」

「なぜだ」

「それも言いたくない」

ラティーフは、これ見よがしにため息を吐く。

「頑固者め。——まあいい。なら、この手は離さないからな」

「はい？」

腰に回されていた腕に力が入ったかと思うと、レイハーネは彼に強く引き寄せられた。

「もう回復したようだから、やはり夜伽をしてもらおうか」

「えっ、いや、それはっ……！」

ラティーフの顔が近づいてきたところで、彼の背後から叫び声が上がった。

「レイラさま!!　誰か来てー！　不審者がっ……！」

カリマが戻ってきたのだ。彼女からはラティーフの背中と、その陰に隠れたレイハーネの身体の一部しか見えていない。

「ちょっ、カリマ！　待って待って」

レイハーネは慌ててラティーフの脇から顔を出し、「大丈夫だから！」と叫んだ。

だがカリマは顔を大きく引きつらせ、ものすごい形相をしている。

「レイラさま……？　誰ですか、その男は」

「ラティーフさまよ」

「は？」

「だから、ラティーフ王子だってば！」

カリマが口をポカンと開けるのと同時に、複数の侍女や侍従たちが駆け込んできて、部屋は大騒ぎになったのだった。

夜伽（よとぎ）を断られた王子が、部屋まで押しかけていった――

ラティーフと奥方の噂は、その場に居合わせた侍女たちによって、あっという間に宮殿内を駆け巡った。

よほど溺愛（できあい）しているのだろうとか、長年我慢しすぎてタガが外れてしまったんじゃないか、などと囁（ささや）かれている。

そんな中、カリマは「早めに戻ってきて本当に良かった」と言い、ホッとした様子を見せた。

「危なかったですね」

「そうね。油断も隙（すき）もないわ」

「確かに王子は強面（こわもて）でしたが……姫さまの言う通り、うちの王さまほどじゃありませんね」

「でしょう？　実はとってもハンサムなの」

それを聞いて、カリマはジッとレイハーネの表情を見つめた。

「――姫さま。ダメですからね」

カリマの鋭い視線に、レイハーネはビクッとする。

「な、なんのこと？」

「結構気に入ってらっしゃるでしょう、ラティーフ王子のこと」

「は？　何を言って……」

とぼけるレイハーネに、カリマはジリジリと詰め寄ってきた。レイハーネが視線を逸らしても、顔を覗き込んできて念を押す。

「姫さまの婚約者は、ダール王子です。これはもう決定事項ですよ」

「分かってるわよ、そんなこと――」

レイハーネが睨み返すと、カリマはようやく後ろに下がり、肩をすくめた。

「だったらいいんですけど。では、明日の夜伽をどうやって断るか決めましょうか」

「そうね。……ところで、予定通り明後日には出発できそう？」

そう訊かれたカリマは、自慢げに胸を張る。

「バッチリです。すでに宮殿内の様子は大体把握しましたからね。我ながら有能で怖いというか。私じゃなきゃ姫さまの侍女は、とても務まらないというか」

「そ、そう……。なら、あと一晩の辛抱ね」

二人はさっそく膝を突き合わせ、明日の夜伽を免れるための作戦を練り始めた。

＊

やはり、昼間はやることがない。

レイハーネはまたしても庭に出て、今度は泉に落ちないよう気をつけながら、慎重に歩き回った。

まるで森のように鬱蒼とした庭園の木々は、ところどころにちょうど良い日陰を作り出している。

建物から遠すぎず、かといって近すぎない場所に気持ち良さそうな木陰を見つけ、レイハーネはそこに座った。

庭園はとても広く、様々な種類の花が咲いている。

今まで見たことがない花もたくさんあり、もしかしたら、あの幸運の花も見つかるのではないかと期待していた。

だが、歩き回ってもそれらしい花を見つけることはできなかった。

もう、見ることは叶わないのだろうか——

アブタキアへ戻り、そのままガジェティフに嫁げば、あの花を一生見られない可能性が高い。

(もう一度だけでいいから、見たいなあ)

レイハーネは大きく息を吐き、木陰でコロンと横になる。

歩き疲れて眠くなり、そのまま目をつむってしまった。


「——レイラ」

ラティーフが呼んでいる。

(でも、彼がこんなところにいるはずない……)

「おい、レイラ。何をしている」

やはりラティーフの声だ。

低くて艶のある声は、レイハーネの前でだけ、ほんの少し甘くなる。

「具合でも悪いのか？」

声に心配そうな響きが混じっているのを感じ、レイハーネはようやくまぶたを上げた。

「……なぜ、ここに？」

「俺のハレムなのだから、別におかしくはないだろう」

レイハーネは、まだボンヤリする頭を軽く揺すって起き上がる。

「ふぁぁ～……寝ちゃった」

ラティーフは立ったまま呆れた顔で、レイハーネを見下ろした。

「遣いをやったら、部屋に誰もいないと言うから来てみたんだ。どうやら、お前の侍女は大層有能らしいな。侍女頭のマリカが彼女を気に入って放さないそうだから、俺がお前を捜しにきた」

「なぜ？　他の誰かに頼めばいいんじゃ……」

レイハーネが訝しげな顔をしたら、彼はニヤリと笑った。

「今夜の夜伽を命じに来たんだ。断らせないために、直接来た」

それを聞いて、レイハーネはギョッとする。

そもそも遣いを寄越したのも、そのためだったのだ。

もしかしたら、遣いから逃げ回っていると誤解されたのかもしれない。

「あ、あんまり退屈だったから、庭を探索してただけよ」

「ついでに昼寝か。まあいい。その分、夜に体力を取っておけるだろう」

「〜〜っ、そんな必要ないし！」

慌てて立ち上がろうとしたら、ラティーフから手を差し伸べられた。レイハーネは一瞬迷ったが、おずおずとその手を取る。

「レイラ——」

低く落ち着いた声で呼ばれ、心臓の鼓動が速くなった。

「俺は、お前だけを大事にしよう。他の女をハレムに入れたりはしない」

「え——」

それは唐突で、かなり衝撃的な言葉だった。

（私だけ……？）

父王の出した結婚相手の条件が、頭をかすめる。でも、ラティーフは自分がレイハーネ王女だとは知らない。

今のレイハーネはアブタキアの王女ではなく、売られてきた奴隷にすぎないのだ。

彼は、そんな女を相手に本気で言っているのだろうか——？

レイハーネはゴクリと唾を呑んだ。

ラティーフは、その場限りの戯言でこんな約束をする人ではない気がする。

でも、なぜそう思うのか。単にそう思いたいだけなのだろうか——

俯いたまま、頭の中で自問自答を続ける。

トクトクトクと心臓の音が耳の中で響いた。頭に血が上り、頬が急激に熱くなっていく。

言葉が出てこないレイハーネに、ラティーフは寂しげな声で問いかけた。

「俺ではダメか、レイラ」

「そんなことっ……！」

反射的に顔を上げれば、彼は嬉しそうに微笑んだ。

「じゃあいいんだな」

「あっ、いや、そうじゃなくて……」

「なんだ」

眉根を寄せるラティーフに、レイハーネは困りきった表情で答える。

「私、実は婚約者が……」

「婚約者？」

おそるおそる表情を窺うと、ラティーフは顔をしかめたまま呆然としていた。

彼がショックを受けているのが分かって、レイハーネは慌てる。

「ラティーフさまが悪いんじゃないの。むしろとても素敵な男性だと思うわ！　それに、婚約者といっても親が決めた相手だから、よく知らなくて……でもだからって、簡単にあなたの手を取る訳にも……！」

必死で言葉を探し、言い募った。

言わなくてもいいことまで言ってしまったと気付いたのは、彼の顔つきが変わったからだ。

「レイラ」

「は、い……?」

ラティーフはうっすらと笑みを湛え、その瞳にはレイハーネが見たことのない光が浮かんでいた。

「つまり、婚約者さえいなければ——お前は俺の妻になるんだな」

「は?」

(いなければって、どういうこと?)

ラティーフはレイハーネの身体を強引に抱きしめてくる。

男らしい顔が間近に迫り、レイハーネは焦った。そこで彼の手が、彼女の熱くなった頬に触れる。

「婚約など破棄して、ここにいろ。俺の妻として」

「ラティーフさまっ……!」

「お前の親は、俺が説得してやる」

唇が触れ合いそうになり、反射的に顔を背けた。

でも彼はレイハーネの顎を掴み、強制的に自分のほうへ向かせる。

思わずギュッと目をつむったら、唇に熱く柔らかいものを押しつけられた。

レイハーネは咄嗟に腕を伸ばし、彼の身体を押し戻そうとする。

だが大きな身体はビクともせず、逆に手首を掴まれ、広い胸の中に引き込まれてしまった。

逞しい腕に捕らわれたまま、強引で熱い口づけを何度も受ける。

「んっ……んん」

情熱的なラティーフのやり方に、抵抗する術はない。

血が上り続けた顔も、重なった唇も、抱きしめられた身体も。全てが熱すぎて、頭がボンヤリしてくる。息を継ぐヒマもなく唇を塞がれ、呼吸は浅く乱れた。

(どうして私……こんな……)

舌先をくすぐるように擦り合わされ、口内を弄られる。

深い口づけの合間にも、ラティーフは薄目を開け、じっとこちらを見つめていた。

いいように翻弄される自分が恥ずかしくて、レイハーネはまた目を閉じる。すると、彼の舌はさらに奥まで入り込み、レイハーネのそれを深く絡め取った。

なまめかしい舌の感触と、強く抱きしめて放さない腕の力に、レイハーネは易々と屈してしまう。

舌を吸われ、熱く大きな手でうなじを撫でられた時、下腹部に強烈な甘い疼きを覚えて、たまらず身を捩った。

だがラティーフは、逃がさないとばかりに腕の力を強くする。そして、さらに深く濃密な口づけを繰り返した。

「レイラ……」

彼の声に艶が、吐息には熱が混じる。そして眼差しには、情欲が滲んでいた。

一方のレイハーネも呼吸を乱し、真っ赤な頬と潤んだ瞳を彼に向ける。

そんな彼女に、ラティーフはこう告げた。

「──今夜、必ずお前を俺のものにする。逃げるなよ」

第三章　逃亡

夕刻、部屋に戻ったカリマに、レイハーネは弱音を吐いた。

「今度こそ逃げられない気がする」

「何があったんです？」

「ラティーフさまが……」

昼間、庭で彼と会った時、話した内容を伝える。

「つまりラティーフ王子は、本気で姫さまに惚れていると……」

カリマは腕を組み、唸(うな)りながら天井を仰いだ。

「それは、ますます逃げるのが難しくなったってことですね」

それを聞き、レイハーネは考える。

(私は……逃げたいのかしら？　ラティーフさまから……？)

「ラティーフさまは私の親を説得するって言うんだけど……さすがに難しいわよね？」

そう問いかけたら、カリマは驚いた顔でこちらを見つめ返した。

「姫さまは、ラティーフ王子が好きなんですか？」

「えっ」

レイハーネはドキリとし、思わず目を泳がせる。

「それは……」

彼のことは嫌いではない。すぐに触れようとしてくるから、つい反発してしまうが、どちらかと言われればむしろ――

「私に嘘が通用するなんて、思わないほうがいいですよ」

カリマはジーッと観察するように、レイハーネの顔を覗き込んだ。

レイハーネは俯き、小さな声で言う。

「す……好きだと思う」

「やっぱり」

カリマはやれやれと言わんばかりにため息を吐いた。

「ラティーフ王子って、どんな方です？」

彼女の鋭い視線にたじろぎながら、レイハーネは答える。

「どんなって……そうね。かなり強引で、すぐに迫ってこようとするわ」

「横暴ってことですか？」

眉根を寄せるカリマに、レイハーネは首を横に振った。

「ううん。こっちの話はちゃんと聞いてくれるの。察しがいいし、気遣いもあって……。あ、イルハム兄さまに似てるかも」

「イルハムさま！　……なるほど」

カリマは納得したようにウンウンと頷いた。

第三王子イルハムは、皆に甘やかされてきたレイハーネに対し、唯一厳しく接する兄である。

口が悪く、一見横暴なのだが、実は心配性で面倒見がいい。要は、何かと危なっかしい妹を放っておけないタチなのだ。

彼もそうだ。じっとしていないレイハーネを心配し、あれやこれやと構ってくれている。

「姫さまも、ちゃんと言いたいこと言えてます？」

そう訊かれ、レイハーネは首を傾げた。

「ラティーフさまはすぐ触ろうとしてくるから、私は怒ってばっかりいるわ」

するとカリマは、パァッと表情を明るくする。

「それはいいですね！」

「……いいの？」

レイハーネは怪訝な顔をした。カリマはラティーフを危険視していたのに、態度をすっかり変えている。

「姫さまがラティーフ王子と結婚したいなら、なおのこと急いで国に帰らなければいけませんね。王さまに直接説明しないと。この状況が長引けば誤解が誤解を生んで、説得できるものもできなくなってしまいます」

そう言うと彼女は、何かを決意した表情で頷いた。

「今夜、脱出しましょう。準備不足なのは否めませんが、背に腹は代えられません」

（今夜――!?）

ポカンとするレイハーネをよそに、カリマはさっそく衣装部屋に入り、何やらゴソゴソし始めた。

レイハーネが後ろから覗くと、カリマは大量の衣服を引っ張り出し、片手にはモジャモジャした毛の塊を掴んでいる。

「カリマ……その手に持ってるの、何？」

気味悪く思って訊ねたら、彼女は毛の塊を見て言った。

「ああ。これ、カツラです」

「カツラ？」

衣装部屋から戻ってきたカリマは、そのモジャモジャをレイハーネの頭にスポッと被せる。

「ひっ！」

「さ、変装して。さっさと抜け出しますよ。ちょうど今が脱出に最適な時間です」

レイハーネは変なモジャモジャの上からさらに布を被せられ、侍女たちが着るような地味な色の服を着せられた。

最低限の荷物をまとめながら、カリマが脱出ルートを簡単に説明してくれる。

その後二人で部屋を抜け出し、夕食の準備で忙しい厨房の脇をこっそり抜けて、離宮の裏側に回った。

使用人たちはこの時間が最も忙しいので、人目につかないはずだとカリマは言う。

いつも通路に立っている監督官も、食事の時間になると短時間だけ見張りを外れるらしい。ハレムの中にいるのが一人だけだということもあり、そもそも配置人数が少ない。

この短期間でそんなことまで調べたカリマに感心しながら、レイハーネは彼女の後をついていった。

宮殿の周囲には街が広がっており、使用人たちはわりと自由に買い出しに出かける。それをカリマから聞いて、レイハーネは驚いた。

「そうなの？」

「もちろん、通用門のところで顔をチェックされますけどね」

カリマはなんでもないという表情で、どんどん先へ進む。

後を追うレイハーネは小走りだった。二人の体力には差があるので、どうしても彼女のほうが遅れがちになる。

息を切らしながらも、なんとかついていくと、高くそびえ立つ塀が見えてきた。

「あれは……」

「城壁です。宮殿の周りをぐるっと囲っていて、もう少し先に行くと通用門が見えてきます」

この大きな宮殿には、使用人が出入りするための通用門が二つある。こっちは離宮の裏にあり、街へ出るには少し遠回りになるため、利用する者も少ないそうだ。

カリマの下調べが完璧だったおかげで、ここまでは誰にも見咎（みとが）められずに来ることができた。だが、さっきカリマは『顔をチェックされる』と言った。それは、どうするつもりなのだろう。

レイハーネは緊張でドキドキしながら、カリマの表情を窺（うかが）った。

彼女は真剣な眼差しを前に向け、迷いなく歩みを進めていく。カリマのほうも、実はそれなりに緊張しているのかもしれない。

通用門に着くと、二人の門番が気付いて前に出てきた。

「待て」

「どこの者だ？　見かけん顔だな」

その問いに、カリマは淀みなく答える。

「私たち、最近新しく入った侍女なの。私がカリマで、この子はラミアよ。よろしく」

「どこで働いてる？」

「ラティーフさまのハレムよ。つい最近奥方さまが入られたの、知らない？」

門番の二人は顔を見合わせ、「ああ」「そういえば」と頷き合った。

「奥さまはレイラさまっていうんだけど、すっごいワガママなの。あれもこれも足りない、買ってきてってうるさいから、二人で買い出しに行こうと思って」

カリマの言葉に、レイハーネは内心むっとした。

（ひどいわ、カリマったら！）

いくら門番を騙すためとはいえ、自分の悪口など聞いて楽しいものではない。

「街に出るなら、ここからじゃ遠回りになるぞ」

「ちょっと離れてるが、向こうにも通用門がある。そっちを使ったらどうだ」

親切な門番がそう勧めてくれたが、カリマはしれっとした顔で言った。

「そうなのね。来たばかりだから、まだ勝手が分からなくて。またあっちに戻るのは面倒くさいから、今日はここからでいいわ」

門番の二人は肩をすくめると、馬が通れる高さの門ではなく、その隣にある小さな扉を開けてくれた。

「そろそろ暗くなるから、気をつけろよ」

「なるべく早く戻るようにな」

「ご心配ありがとう。行ってくるわ」

カリマが先に外へ出て、その後にレイハーネが続く。

門番たちに笑顔で手を振るカリマを見ながら、レイハーネはほうっと息を吐いた。

そして再び門が閉まるのを確認し、彼女に飛びつく。

「すごいわ、カリマ！」

興奮するレイハーネを手で制し、カリマは言った。

「大変なのはここからですよ。さあ、早く行きましょう。少しでも宮殿から離れないと」

彼女の険しい表情を見て、レイハーネはゴクリと唾を呑む。

「そうね。行きましょう」

ここからアブタキアまでは、かなり距離があるはずだ。キイスの町からここへ来るだけでも、馬車で半日以上かかった。

それを思い出した途端、不安な気持ちが押し寄せてくる。

だがレイハーネは拳を握りしめ「なんとかなるわ」と呟いて、カリマの後に続いた。

＊

執務室で、ラティーフはヒクマトと向き合い、しかめっ面をしながら調査報告を受けていた。

「――収穫なし、か」

レイラの素性についてはやはり分からず、ラティーフは落胆した。

だが、ヒクマトは「ちょっと気になることが」と言い、キイスの町で聞き込みをした際に入ってきたという情報を伝える。

レイラが商人のもとへ飛び込んできた日から数日間、多数の男たちが、行方不明になった若い女性を捜し回っていたらしい。

それを聞いたラティーフは顔色を変え、身を乗り出した。

「それは……レイラの護衛じゃないのか」

「その可能性が高いと思います。結局その女性は見つからず、男たちは去ったようです。その者たちの正体は不明ですが、どうも軍人だったらしくて……」

「軍人？」

目を見張るラティーフに、ヒクマトは頷いてみせた。

「これで、彼女が貴族であるという信憑性は高くなりましたね」

「ああ。それも軍人を護衛に雇うとなれば、かなり上流階級の娘だ」

二人が険(けわ)しい顔をして黙り込むと、そこへハレムの監督官をしている老人が、何やら慌てた様子で飛び込んできた。

「大変ですじゃ！　お姫さんがいなくなった！」

「は？」

「姫って……レイラのことか？」

老人は息を切らしながら、顎(あご)をカクカクさせて言う。

「部屋はもぬけの殻じゃわい。湯殿にも庭にも、どこにもおらん」

ラティーフが青ざめるのと同時に、今度は侍従の一人が駆け込んできた。

「裏の門番から問い合わせがありました。ついさっきハレムの侍女を二人通したらしいのですが、そのうちの一人は名簿の情報と違っていると……」

ヒクマトが顔をしかめる。

「通した侍女たちの名は？」

「『カリマ』と『ラミア』だそうです。カリマのほうはハレムの担当で合っていますが、ラミアという名の侍女は洗濯場の担当だとかで」

ラティーフはため息を吐(つ)いて言った。

「間違いない、レイラだ」

それを聞いたヒクマトは、急ぎ門番を呼んでくるよう侍従に伝える。

あまり待たないうちに、二人の門番が部屋にやってきた。

「出ていった二人の特徴は？」

ヒクマトが訊ねると、彼らは目を見合わせて、こう答えた。

「一人はモジャモジャ……ですかね」

「ああ。頭に被っていた布からこう、モジャモジャと毛が出ていて――」

ラティーフもヒクマトも「モジャモジャ……？」と呟きつつ、門番たちの言いたいことはなんとなく察した。

「変装して外に出たな」

「侍女も一緒ですね」

「ああ。二人を少し甘くみていた」

「すぐに追いかけます」

途端に踵を返したヒクマトを、ラティーフは「待て」と言って呼び止める。

「一晩待とう。焦って夜闇の中に紛れ込まれては、彼女たちの身が危険だ。もう夕方だし、あちらは徒歩だろう。どうせ明朝まで王都からは出られない」

「では、明け方の時点で宿を押さえます」

「ああ。念のため街道の関所には先に連絡しておこう。早馬を出し、女の二人組は決して通すなと伝えろ」

「承知しました」

ヒクマトがすぐさま駆け出していくのを、ラティーフは深いため息を吐きながら見送った。

＊

門を出てからしばらく歩くと、街が見えてきた。

もう日が暮れ始めており、これ以上暗くなったらどうするのだろうかと、レイハーネは心配になる。

街中に入り、足が少し痛み出してきたところで、カリマが言った。

「もう少しですよ、姫さま」

「どこに行くの？」

不安になって訊くと、カリマは苦笑いを浮かべる。

「脱出したと知られれば追っ手がかかるでしょう。そうなると宿には泊まれないので、一度私の知り合いの家に寄ります」

「知り合い？」

ユスラーシェに知り合いがいるとは初耳だったので、レイハーネは驚いた。

「そこで手配してもらった馬車に乗り、アブタキアに向かいましょう。ここから最短の距離で帰るには岩砂漠を行くことです。夜のうちに出れば、日が昇りきる前に抜けられます」

アブタキアとユスラーシェの間で馬車が通れるのは、砂が少なく岩がむき出しになっている岩石地帯だけだ。だが、そこを通ると馬車はひどく揺れる。

レイハーネも一度だけ通ったことがあるが、ひっきりなしの揺れに酔ってしまい、それは大変な思いをした。

（仕方ないとはいえ、またあれを……）

その時の苦しさを思い出し、げっそりした気持ちになる。

しばらく歩き続けた二人は、カリマの知り合いだという男性の家にたどり着いた。

そこはこぢんまりした一軒家で、カリマが木のドアをドンドン叩くと、恰幅（かっぷく）が良くて人の好（よ）さそうな男が顔を出した。

「おお、カリマじゃないか」

「ガッサン。急だけど今夜発つわ。馬車の手配をお願い」

ガッサンと呼ばれた男は目を丸くしてから、カリマの後ろにいるレイハーネを見る。

レイハーネがビクッと震えてカリマの背に隠れると、彼は「がはは」と楽しげに笑った。

「お前の言った通り、ウサギみてぇなお嬢さんだな」

「ガッサン！　余計なこと言わなくていいから」

カリマは男をどつき、馬車の手配を急がせた。

「さ、中に入って待ちましょう」

なんの遠慮もなく家の中に入っていくカリマを見て、レイハーネはまた驚いた。ガッサンとは一体どんな関係なのだろう。

狭い部屋の中央には、丸いテーブルと三つの椅子が置かれている。横には小さなキッチンがあり、戸棚には何やら怪しげな大工道具が並んでいた。

「あの人、どういう知り合い？」

「宮殿に出入りしている庭師です。まだ知り合って間もないんですが」

「いい人そうね」

それを聞いたカリマはフッと笑い、「さて」と言って話を変える。

「馬車で出発する前に、決め事をしておきましょう」

「決め事？」

カリマは真剣な表情で頷(うなず)いた。

「もし私とはぐれたり、どちらか一方だけが捕まってしまった場合、どうするかです」

「そんなっ！」

首を横に振るレイハーネに、カリマは鋭い眼差しを向けた。

「姫さま。冷静に考えてください。あのままユスラーシェのハレムにいたら、遠からずラティーフさまに夜伽(よとぎ)をさせられていたことでしょう。もし連れ戻されたとしても同じことです。そしてそれが王さまに知られれば、アブタキアとユスラーシェは戦(いくさ)になってしまう。たとえアブタキアが攻めてこなくても、きっとガジェティフが攻め込んできます」

「ガジェティフが？」

カリマは頷き、顔をしかめた。

「元々、ユスラーシェとガジェティフは仲が悪い。ガジェティフは王子の婚約者を奪われたことを理由にアブタキアと組み、ここぞとばかりにユスラーシェを叩きに来るでしょう」

レイハーネはゴクリと唾を呑む。政治のことはよく分からなくても、カリマの言葉は理解できた。

やはりまずは国へ帰り、自分の無事を知らせなくてはならない。

その時、ふいにラティーフの顔が浮かんできて、レイハーネは胸が痛むのを感じた。

(もしかしたら、これきり会えなくなるかもしれない)

国に帰れたとしても、ダール王子との婚約を破棄できなければ、自分は予定通りガジェティフへ嫁ぐことになるだろう。

そうなれば、自分の父や夫になる者が、将来ラティーフを傷つけるかもしれないのだ。

(そんなの嫌! 私、やっぱり……)

「絶対国に帰って、婚約を破棄してもらえるよう、お父さまを説得する!」

拳を握りしめるレイハーネを見て、カリマは頷いた。

「その意気です、姫さま。話を戻しますが、もし私だけが捕まってしまっても……」

カリマは大きく息を吸い、キッとレイハーネを睨んだ。

「もう絶対に追いかけてきちゃダメですからねっ! 私一人ならなんとかなります。なんともならないのは姫さまのほうですよ!」

レイハーネは目を丸くし、反省の意味も込めてコクコク頷く。

「一番問題なのは、姫さまだけが捕まった時です。その場合は――」

カリマは一旦言葉を切り、レイハーネをジッと見つめた。

「もし姫さまがお許しくださるなら、私だけでもアブタキアへ帰り、国王さまに事の経緯を説明します。ユスラーシェやラティーフ王子に非は無いと、分かっていただけるように」

レイハーネは息を呑み、カリマの真剣な目を見つめ返した。

——答えは、考えるまでもない。

「もちろんよ、カリマ。その時は……お願いね」


やがて、この家の主（あるじ）であるガッサンが戻ってきた。レイハーネとカリマは、彼が用意してくれた小さな馬車に乗り込む。

ガッサンは少し寂しげにカリマを見つめた後、「気をつけてな」と言って笑った。

カリマはフンっと鼻で笑い、彼の野太い腕を叩く。

「国に帰って落ち着いたら、また来るわよ」

「——そうか。待ってるぜ」

御者（ぎょしゃ）は髪も髭（ひげ）も白くなった老人だった。元商人で、アブタキアとの間を何度も行き来したことがあるという。

のんびりと走り出した馬車は思った以上に揺れるが、スピードを出しすぎてひっくり返るようなことはなさそうだった。

「姫さま、これどうぞ」

カリマが差し出したのは、干し肉のスライスを挟んだパンだ。

「わあ。さすがカリマね」

あの短時間で軽食まで用意していたことに、レイハーネは驚く。

「夕食前に急いで出てきてしまいましたからね。そろそろ給仕の侍女たちが、私たちがいなくなったことに気付くはずです」

それを聞いたレイハーネは、かじったパンの端をゴクンと呑み込んだ。

「その前に関所だけでも抜けられれば……」

「そうしたら逃げ切れる？」

「ええ。後は宵闇に紛れて砂漠を一直線です」

そう言われた途端、岩砂漠を走った時の激しい揺れを思い出し、食事の手が止まった。

（もしかしてこれ、食べないほうがいいんじゃないかしら）

せっかく用意してもらったものの、全部吐いてしまっては元も子もない上に、後始末が大変だ。

「あの、カリマ」

考えた末に顔を上げたレイハーネは、前方の小窓を覗いたカリマが顔色を変えたことに気付いた。

「どうしたの」

「検問です。こんな時に、どうして……」

「検問？」

カリマはすぐに御者に声をかけ、馬車を停めさせた。

そして鞄(かばん)の中からあのカツラを取り出し、再びレイハーネに被せる。

「ひっ！」

「いちいち驚かないでください。いいですか、姫さま。私はここで一旦降ります」

「ええっ⁉」

驚くなと言われても、無理な話だ。

まだ捕まってしまった訳でもないのに、カリマは自分から馬車を降りるという。

「なぜ？」

「念のためです。もしあの検問がラティーフ王子の敷いたものなら、女の二人組を捜しているはず。ですから私は一旦馬車を離れて、様子を見ます」

「私は？」

「関所を通れればそのまま先へ進み、関所が見えなくなったあたりで馬車を停めてください。問題なさそうなら私もすぐに追いかけます」

レイハーネは無言のままコクリと頷(うなず)いた。だが、胸の中は不安でいっぱいだ。

カリマがいなくても、一人でどうにかできるだろうか。不測の事態に陥(おちい)ったら……？

そもそも検問で引っかかり、宮殿を抜け出した者だとバレたら、どうすればいいのか――

そんな不安が顔に出ていたのだろう。カリマは大丈夫だと言わんばかりに笑ってみせた。

「万が一あそこで捕まっても、心配はいりません。相手はラティーフ王子なんですから。私がなんとしてもアブタキアに帰り、国王さまに説明します」

「カリマ……」

彼女はニコッと笑い、レイハーネの手を取った。

「大丈夫。きっと、なんとかなりますよ」

いつもはレイハーネが言うセリフを口にして、カリマは馬車を降りた。そして扉を素早く閉める。

「カリマ！」

レイハーネは慌てて小窓を覗いたが、すでに彼女は馬車から遠く離れていた。

（どうしよう……怖い）

この先に進む勇気が、なかなか湧いてこない。でもいつまでもここにいたら、不審な馬車だと思われ、いらぬ疑いを持たれてしまう。

その時、御者の老人が優しい声をかけてきた。

「お嬢さん、どうするかい？　先に進んでいいかのぉ」

レイハーネはハッとして、ゆっくりと頷く。

「はい……進んでください。お願いします」

それしか選択肢はない。

老人は「ほうほう」と言ってから、前を向いて馬を動かした。

――緊張で、胸がドキドキする。

寒くもないのに全身が震え、暑くもないのに背中に一筋の汗が流れた。

街道の両脇に複数の男性が立っており、そこを通る人間を一人残らず確認している。馬車がそこを通りかかると、案の定、停まるようにと声がかかった。

足音が近づいてくるのを感じ、レイハーネは呼吸を止めてギュッと目をつむる。

ドアを開いた男性は、彼女の姿を見るなり、「あ。モジャモジャ」と呟いた。

怪訝な表情を向けても、男性は気にせず全身をジロジロ眺め回してくる。

「君、一人？　手配されてんのは女性二人なんだけど……」

そう言われ、レイハーネはこの検問を敷いたのがラティーフであることを確信した。

（やっぱりダメかも、カリマ……！）

どうやら宮殿を抜け出したことは、すぐにバレていたらしい。でなければ、こんなに早く捕まるはずがない。

レイハーネは肩を落とし、心の中で祈った。

（絶対お父さまに伝えてね……お願い、カリマ）

ラティーフに罪はない。彼はレイハーネを王女だと知っていてハレムに入れた訳ではないのだと、どうか分かって欲しい――

両手をギュッと握りしめていたら、ドアを開けた男性の他にも人がワラワラ寄ってきた。彼らは、中を覗き込んで言う。

「お、本当だ」

「モジャモジャってこれか」

（……モジャモジャ？）

レイハーネは顔をしかめ、おそるおそる訊いてみた。

「ねえ、それってなんのこと？」

すると男たちは顔を見合わせ、どこからか一枚の紙を持ってくる。

「ほらこれ、手配書だ。『モジャモジャが特徴の若い女性二人組。見つけたらその場で確保し、早馬を送ること』」

レイハーネは驚いて目を丸くした。

「お嬢さん、それ自毛か？」

全員の視線が自分の頭に集中していることに気付き、レイハーネは顔を赤くして叫んだ。

「そんな訳ないでしょ！　こんなの、カツラに決まってるじゃないっ!!」


自分は二人組ではないと主張してみたが、やはり通用しなかった。「疑いが晴れればちゃんと通してやるから」と言われ、レイハーネは観念する。

カツラを被っていなければ検問を通過できたかもしれないと思うと、悔しくてたまらなかった。

沙汰があるまで待つようにとのことなので、ひとまず御者の老人だけは解放してもらう。

そして半刻ほど経ち、すっかり日が暮れた頃、立派な馬車がやってきた。そこから豪奢な身なりをした体格のいい男性が降りてきて、レイハーネは驚愕する。

「ラティーフさまっ!?」

彼はこちらを見ると、この上なく不機嫌そうな顔をして言った。

「レイラ。お前に言いたいことは色々あるが、それは後にしておく。それより、お前の侍女はどうした？」

レイハーネはグッと息を呑み、黙って首を横に振る。

それを見たラティーフは顎に手を当て、考え込む仕草を見せた。

「ちょっと待ってろ」

彼は馬車の裏手に回り、そこにいた兵士に何事かを指示すると、しかめっ面のまま戻ってくる。

「宮殿に戻っておとなしくするなら、今回の件は不問にしてもいい。どうする、レイラ」

「おとなしく？」

——どういう意味だろうか。

（ただジッとしていればいいってこと？）

レイハーネは少しだけ拍子抜けしてしまう。

てっきり夜伽を強要されるかと思ったのに——

「おとなしくしてなかったら、どうなるの？」

一応訊ねたら、彼は意味深に笑った。

「何度も逃げ出そうとする者を、いちいち追いかけるほどヒマではない。そうなったらお前を牢に繋いで、夜だけ出してやるかな」

「そんなのイヤ！」

思わず叫ぶと、ラティーフは短く息を吐いた。

「じゃあもう、逃げようなんて考えるな」

彼はこちらに近づき、レイハーネの頭に手を伸ばす。そして、思い切り顔をしかめた。

「なんだ、この気持ち悪いモジャモジャは」

「あ……」

そういえば、カツラを被ったままだった。

ラティーフにそれを取り払われ、本来の美しい色艶をした髪が流れ落ちる。

それを見た周囲の男たちから、「ほう……」と感嘆の声が上がった。

「行くぞ、レイラ」

「はっ、はい！」

差し出された手を慌てて取り、ラティーフが乗ってきた馬車に乗り込む。すぐに扉は閉められ、馬が走り出した。

隣に座ったラティーフは、顔をしかめたままため息を吐く。

「まったく、とんだ無茶をする」

「……ごめんなさい」

レイハーネは俯き、小さな声で呟いた。

「そもそも盗賊に襲われてここへ来る羽目になったというのに、危機感が足りなすぎる。あんな頼りない馬車と年寄りだけを連れて長旅をしようとは」

怒られるとばかり思っていたのに心配され、レイハーネは泣きそうになった。

ラティーフは膝の上で拳を強く握りしめる。

「俺は怒っている」

「……はい」

「なぜ家名を言わない。そんなに俺を信用できないか」

レイハーネはその言葉に驚き、慌てて顔を上げた。

「違うのっ、そうじゃない！」

「じゃあなぜだ、レイラ」

ラティーフの燃えるような目に、彼女は胸を衝かれた。

(私、彼を傷つけた？)

信じていない訳じゃない。彼に迷惑をかけたくなかっただけだ。

「だって……知らないほうがいいの。そのほうがラティーフさまのためよ」

「俺のため？」

ラティーフは両手で彼女の頬を包むと、苦しげな表情で問いかけた。

「本当は、俺の妻になるのが嫌なんじゃないのか」

レイハーネは彼の手を上から握り、首を横に振る。

「違う、嫌なんじゃない！　そうじゃなくて……」

「レイラ」

ラティーフの顔が触れそうな距離まで近づいた。

だが、レイハーネは顔を逸らさず、彼の目をジッと見つめ返す。

「お前も俺のことを想っていると……そう考えていいのか」

「私は……」

レイハーネは言葉に詰まる。

ラティーフは何も言わず、強引に唇を重ねてきた。

「んっ」

中に入り込んできた舌が唇を擦る。

舌先が絡み合い、あのゾクゾクする甘い痺れが走った。

それは甘すぎて、むしろ苦しいほどで――

「レイラ」

口づけの合間に名前を呼ぶ声も、唇にかかる吐息も、しっとりと濡れている。

(ラティーフさま)

彼の大きな手が、衣装の上から肩や背中を撫でた。

その手はすぐに前へ回ってきて、レイハーネの胸を下から包むように持ち上げる。

「あっ……ん」

思わず声を上げたら再び唇を塞がれ、舌を吸われた。

そうしている間にも、彼の手は胸の膨らみを優しく揉みしだく。指先で胸の先端を探り当てると、
それを軽くつまんだ。

「んっ！　や、ん……」

瞬く間に硬くなる尖りを、彼は指先で何度も弾く。レイハーネの腰は、甘い刺激にピクピクと跳ねた。

「感じるのか、レイラ」

低い声で囁かれ、ただでさえ速い鼓動がドクンと大きく波打つ。

胸の先を指の腹で扱かれると、下腹部がジンジン痺れた。

「んっ……ふ、あぁ」

身体中が切なく疼き始める。

膨らむばかりで行き場のない欲望は、レイハーネの頭を混乱に陥れた。

「苦し……の、ラティーフ、さま」

「苦しい？」

全身が燃えるように熱かった。

彼から与えられる甘やかな快楽は、同時に強烈なもどかしさを生む。

身体の内側で何かが渦巻き、それをどうにかしたいのに、どうしたらいいのか分からなかった。

レイハーネはただただ悶え続ける。

「んっ、も……それ、や……」

何度も優しく擦られて、ますます敏感になった胸の尖りは、服の上から見てもハッキリとその存在を主張していた。

「だが気持ちいいんだろう？」

意地悪く問いかけるラティーフを、レイハーネは泣きそうな顔で見上げる。

彼女の頬は真っ赤に染まり、瞳は涙で潤（うる）んでいた。ぷっくりとした果実のような唇は、乱れた呼吸のせいで開かれたままだ。

それを目にしたラティーフは、再び口づけてその感触を味わう。

何度も優しく唇を喰（は）まれ、レイハーネは腰の辺りがきゅうっと絞られるような切なさを感じた。

（ラティーフさま……！）

彼の首に両手を伸ばし、大きな身体に縋（すが）りつく。

身じろぎしたら、腿（もも）の内側にぬるつきを感じた。それが不快なのと恥ずかしいのとで、レイハーネは足をモジモジと擦り合わせる。

それに気付いたラティーフは、苦笑いを浮かべた。

「お前は俺を誘っているのか？　それとも無自覚か」

「え……？」

「今、楽にしてやろう」

彼はレイハーネをさらに抱き寄せると、馬車の中ではしたない声を上げてしまわぬよう、その唇をしっかりと塞（ふさ）いだ。

そうして、彼女の膝から内腿（うちもも）へと手を滑（すべ）らせる。

「んぅっ！」

敏感な内腿の肌をなぞる感触に、レイハーネはたまらず呻(うめ)き声を漏らした。

ラティーフは彼女の衣装の裾(すそ)と、その内側に巻かれた薄布を捲(めく)り、中に手を入れる。

その手は内腿の皮膚をたどりながら奥へ進み、ぬるついて熱くなった秘唇にたどり着いた。薄く柔らかい茂みとふっくらした肉唇を撫で、その奥に隠れていた襞(ひだ)を捲る。

「んんっ、う……んんーっ！」

唇を塞がれながらも、レイハーネは身を捩(よじ)って喘(あえ)いだ。

男女の睦(むつ)み事が具体的にどのようなものであるか、彼女はイマイチよく分かっていない。同衾(どうきん)し、抱きしめ合って口づけを交わす。後は夫になる人に任せればいいと教わっただけだ。

だが実際は、触れられるほどにどんどん苦しくなり、少しも楽にならない。

身体の内側で熱くうねるようなもどかしさと、限りなく湧いてくる未知の感覚に翻弄(ほんろう)される。

ラティーフの指先が、足の間にある秘境をじっくりと探った。

下腹部の疼(うず)きはますます強くなり、レイハーネはたまらず腰を浮かせる。

彼は肉唇の中に隠れていた肉芽を探り当てると、ぬめりを帯びた指先でそれを包皮ごと揉み込んだ。

途端に全身が痺(しび)れるほどの強い刺激が走り、レイハーネは背中を反らして声を上げる。

「ああぁぁっ……！」

「レイラ。大丈夫だ、ほら……痛くはないだろう」

ラティーフが安心させるように言う。彼の首に必死でしがみつき、レイハーネはこれまでとは比べものにならないほどの快感に震えた。

「なに、これ……やっ、ああっ、ラティーフさまっ……！」

彼はさらに溢れてきた蜜を指で掬い、小さな肉芽を優しく円を描くように撫でさする。

「んやぁぁぁっ！」

レイハーネが漏らす甘い喘ぎ声は、半分すすり泣きにも聞こえた。ラティーフは心配そうに、彼女の表情を窺う。

だが顔を真っ赤に染め、快感に悶えるレイハーネを見て、彼は満足げに微笑んだ。

「気をやる方法を覚えろ。その後のことは、戻ってからじっくり教えてやる」

彼の指先は蜜にぬめった肉芽を何度も往復した。そのたびに強い快感が走り、レイハーネの腰はブルブルと震える。

「んっ、んん……あ、やぁっ、あぁっ」

レイハーネは眉根を寄せ、切なげな表情を浮かべながら、うわごとのような喘ぎ声を漏らし続けた。

頭の中は真っ白で何も考えられなくなり、視界はまるで霞がかったようにぼやけている。

彼の触れる場所から溢れ出す、強く甘美な愉悦を、ただ享受するだけだ。

そのうち、身体の内側から湧き出してくる快感が大きくなり、膨れ上がるのを感じた。

「ん……っ、あ、ラティーフさまっ……やぁぁぁっ！」

レイハーネの声に切羽詰まった響きが混じると、ラティーフは「そろそろか」と呟く。彼女の腰を強く引き寄せ、身体を抱え直した。

快感はじわじわ膨らみ続けるが、レイハーネには為す術がない。かろうじて彼にしがみつく手に力を込めるだけだ。

ラティーフの指先は絶え間なく快感を与え続け、彼女は否応なしに愉悦の坂を登らされる。

「あっ、も……ダメッ……や、怖いっ……あああぁぁぁっ！」

強すぎる快感に抗えず、レイハーネは泣き声に近い嬌声を上げた。

そして、大きく全身を震わせる。

限界まで膨れ上がった快楽の波は、弾け散ってからゆっくりと引いていった。

レイハーネの身体はラティーフの腕の中に崩れ落ちる。それと同時に、彼女の意識は暗闇の中へと沈み込んでいった。

＊

目が覚めた時、すでに夜は明けていた。

(あれ……？)

レイハーネは上半身を起こし、部屋の中を見回す。

もう見慣れてしまった光景は、ハレムの中にある彼女の自室だ。

昨夜はカリマと共に宮殿を抜け出し、自分だけ関所で捕まった。そして迎えにきたラティーフと一緒に馬車に乗って……

そこまで思い出したところで、レイハーネは顔を真っ赤に染めた。

(私、ラティーフさまにっ!)

馬車の中でまた口づけをされ、色々な場所に触れられてしまった。

身体が熱くて、なんだかとても気持ち良くなってしまい、とんでもない痴態を演じたような――

レイハーネは敷布へ顔を突っ伏し、くぐもった声を出して悶えた。

「いやぁぁぁ～」

恥ずかしい。もう彼と顔を合わせられない――

寝台の上でゴロゴロ転がっていたら、見慣れぬ侍女が二人、奇異なものを見るような目で様子を窺っているのに気付いた。

「あ……」

「おはようございます、レイラさま」

「ご気分はいかがですか。その、具合でも悪いとか」

レイハーネは跳ねるように身体を起こし、勢いよく首を横に振る。

「大丈夫！　平気よ」

二人の侍女はまだ若く、レイハーネとあまり歳が変わらなそうに見えた。

「私たち、今日からレイラさまのお世話をさせていただきます、ラナとラミアです」

「……ラミア?」

どこかで聞いた名前だと思い、記憶をたどる。

そして昨日、カリマが通用門の前で口にしたレイハーネの偽名が『ラミア』だったことを思い出した。

「ああ！」

大きな声を上げ、手を打ち鳴らすレイハーネを見て、ラナとラミアは驚いている。

「どうかされましたか……？」

「ううんっ、なんでもないわ。よろしくね。ラナにラミア」

（あの時、適当に言った名前の人が、本当に私の侍女になるだなんて）

レイハーネは可笑しくなって、ふふっと笑った。

「二人とも、気付いたことがあったらなんでも言ってね。私はこの国のことも、まだよく分からないし……」

カリマと離れ離れになってしまい、しばらくはこのままだ。ずっと彼女に任せきりだったことも、これからは自分で考えなくてはならない。

本来、侍女というのは主人の指示に従って動くもの。だがカリマの場合、レイハーネがあまりにもぼんやりしているため、何も言わずとも先回りして動いてくれていた。

彼女を思い出してしんみりしていたら、ラミアは気を遣ったのか、黙って着替えを用意してくれる。

「お手伝いしますね」

いつの間に着せられたのかも分からない夜着を脱がされ、肌着代わりの薄布を巻いてもらった。

その上から、肌をきちんと覆(おお)い隠すのが特徴であるユスラーシェ風の衣装を着せられる。

「よくお似合いです」

「ありがとう」

ここへ戻ってきてしまったからには、もう逃げられない。あとは父の配下が自分を捜し当てるか、カリマがアブタキアに帰国して迎えを寄越すのを待つのみだ。

(私にできるのは、ラティーフさまに言われた通り、おとなしくしていることだけ――)

頭の中が整理できたら、途端に空腹を感じた。

夕べは馬車酔いを気にして、ろくに食べなかったことを思い出す。

「お腹空いた……」

レイハーネがそう呟(つぶや)くと、ラナとラミアは張り切って食事の支度に取りかかった。

＊

執務室の窓際で、ラティーフは砂漠と街の様子を眺めながら、ヒクマトの報告を聞いていた。

「カリマの所在が分かりました。ご指示の通り、こちらの動きに気付かれないよう泳がせ、追跡させています」

ラティーフは一つ頷(うなず)いてから、視線をヒクマトに向ける。

「彼女はどこへ向かっている?」

「アブタキアです」

「そうか……」

意外に思い、ラティーフは目を開いた。

レイラが話したことのうち、どこまでが本当なのか、まだ分からない。そもそも彼女がアブタキアから来たという話すら疑っていたのだ。

「別動隊を出し、アブタキアの上級貴族について調べさせろ。レイラという名の娘と、カリマという侍女のいる家があるかどうか」

「承知しました。現地の調査員に指示します」

「ああ」

そこでラティーフは大きく息を吐く。

「早ければ数日で家が見つかる。あとは本人を連れて説得に乗り込むか、まずは書簡を送るか……」

「ご本人はなんと？」

ヒクマトの問いかけに、彼は顔を曇らせた。

「それが少し気になっている。レイラは、自分の身元を知らないほうが俺のためだと言う」

「ラティーフさまの？　どういう意味でしょうか」

「分からん」

二人は顔を見合わせ、互いに怪訝(けげん)な表情を浮かべた。

「仮に、レイラがアブタキアでもかなり力のある家の娘だとする」

ラティーフの話に、ヒクマトは黙って耳を傾ける。

「婚約者はよく知らない相手だそうだから、政略結婚であることは間違いない。そこへ、隣国の王族から縁談が舞い込んできた。さて、お前がレイラの親ならどう思う？」

ヒクマトはほとんど間を置かずに答えた。

「おそらく歓迎します。娘の気持ちが婚約者にあるなら悩みますが、そうでなければ王族と縁を結ぶことのほうを選ぶでしょう。上級貴族なら尚更です」

ラティーフは小さく息を吐き、ぼそりと呟く。

「普通はそうだな」

「それは……彼女の家が普通じゃない、と？」

「分からん。だが、どうしてもその相手と結婚しなければならない事情があるのかもしれないし、レイラが別の何かを隠している可能性もある」

ヒクマトは目を丸くして、ラティーフの顔を窺った。

「別の何か……」

「ああ。今は見当もつかないがな」

そうして二人は、それぞれに頭を悩ませるのだった。

第四章　夜伽（よとぎ）

レイハーネが朝食を済ませて早々、ラティーフの侍従ヒクマトの名前で、侍女たちに伝言が届いた。

途端に、ラナとラミアは顔色を変えて焦り出す。

「すぐに準備しなきゃ……まずは湯浴みね！　浴室に行きましょう、レイラさまっ！」

「夜伽ですよっ！　今夜ラティーフさまのところへ！」

一瞬、混乱したレイハーネも、『夜伽』と聞いて顔色を変えた。

「え……やっぱり呼ばれるの？」

おとなしくしていればいいと言っていたのに。

このままでは、肝心なことはうやむやのまま、本当の妻にされてしまう。

（夜伽のことは、どうしたらいいんだっけ――）

必死に思い出そうとしたが、その点についてはカリマと何も相談していなかったことに思い至り、泣きそうになった。

（わーん！　私のバカ！）

レイハーネはどうしたらいいか分からず、頭を抱えた。

ラナとラミアは、主が夜伽に呼ばれるのは栄誉なことだと思っているため、一気に舞い上がっている。

二人は戸惑うレイハーネを、ハレムにある専用の浴室へ、強引に引っ張っていった。

「ハレムに来て最初の日に、夜伽の支度だなんて」

「大変だけど、ちょっと嬉しいね、ラナ」

「うん。このままレイラさま付きの侍女でいれば、私たち、いつか生まれてくる王子さまか王女さまのお世話もできるかも」

「きゃーっ、そうなったらどうしよう！」

主の身体をせっせと磨きつつ楽しそうにはしゃぐ二人を、レイハーネは困ったなあと思いながら見つめる。

（とてもじゃないけど、行きたくないなんて言い出せない）

夜伽に呼ばれることは、本来歓迎すべきことなのだ。――正式なハレムの住人であれば。

昨晩、脱走に失敗したレイハーネは、ここでおとなしくしていることを約束させられた。また逃げ出せば、ラティーフは今度こそ本気で怒るだろう。

（牢に繋ぐと言ったのは、さすがに冗談……よね）

今夜、彼と一晩中一緒にいたら――

馬車の中でされたのと同じようなことをされるかもしれない。

レイハーネには、あの快楽に負けない自信が、全くと言っていいほどなかった。

「～～っ!!」

バシャンと、お湯の中に顔を突っ込む。ラナとラミアはビックリして目を丸くした。

「レイラさまっ！」

「どうされました!?」

ブクブクブク……と湯船に沈むレイハーネを、二人は慌てて引っぱる。

真っ赤に染まった彼女の顔を見て、のぼせてしまったと勘違いしたのか、焦って湯船から引きずり出した。

「しっかり！　レイラさま」

「どうしよう、ラナ……夜伽(よとぎ)ができなくなっちゃう」

それを聞いたレイハーネは、一瞬、仮病を使おうかと考える。

だが真剣な顔で相談していた二人は、こんなことを言い出した。

「このままじゃまずいわね」

「お医者に診てもらう？」

（医者!?）

レイハーネはガバッと起き上がり、顔をブンブンと横に振る。

「大丈夫、もう平気！」

（お医者なんか呼ばれたら、すぐにバレちゃう）

仮病は無理だと悟ったレイハーネは、諦めて拳を握った。

「なんとか頑張るからっ」

すると侍女の二人は顔を見合わせ、力強く頷き合う。

「その意気です、レイラさま！　頑張って！」

「ラティーフさまをメロメロにしちゃいましょう！」

（へ……？）

『頑張る』の意味が違うのだが、そんなことを言える訳もない。

レイハーネは頭のてっぺんから足の先までピッカピカに磨かれ、夜を迎えることになってしまった。

＊

ハレムの入り口まで迎えにきたのは、ヒクマトだった。

あいかわらず、いかつい口髭と大きな身体が威圧感を醸し出している。

「久しぶりだな、娘」

なんだか口調から怒りが感じられた。

レイハーネは警戒して、彼の顔をおそるおそる見上げる。

「ここから逃げ出したそうじゃないか。それはすなわち、私の顔に泥を塗ったと同じことだが――」

（ひいっ！）

そうだった。自分を買ってハレムに献上したのはヒクマトだから、つまりはそういうことになる。

「ご、ごめんなさい」

レイハーネが思わずラミアの後ろに隠れると、ラミアも縮み上がって、ラナの後ろに隠れた。ラナもヒクマトの顔に恐れおののき、レイハーネの後ろに回ろうとして、三人はその場でクルクル回る。

その様子を見て、ヒクマトは顔をしかめ、ふうっと大きなため息を吐いた。

「ラティーフさまが不問に付したのならそれでいい。早く行くぞ」

そう言って背を向けたヒクマトの後を、レイハーネは一人でついていく。

後ろを振り返れば、ラナとラミアが心配そうな顔をしながら手を振っていた。


てっきり寝所に向かうのかと思ったら、なぜか本宮殿の広間へ案内される。

そこは天井が高く、きらびやかな装飾品の数々が並んでおり、たくさんの人でごった返していた。

中央のスペースでは、楽器を持った者たちが音楽と歌を奏で、踊り子が踊りを披露している。

それを囲むように座った人々は、食事をしながら酒を飲み、談笑していた。

広間の最奥には二段ほど高くなった場所があり、全てを見渡せるようになっている。

そこに国王らしき人物と、彼を囲む複数の女たちがいた。

その横に、ラティーフをはじめとした王子や王女が並んで座っている。

（なんの宴かしら、これ）

キョロキョロするレイハーネを連れて、ヒクマトはまっすぐ奥へ向かった。

ラティーフがこちらに気付くと、彼のところへ行くようヒクマトが促す。

「え、あそこ？」

「そうだ。ラティーフさまの横に座れ」

レイハーネが戸惑いつつそちらに目をやれば、ラティーフはいつものしかめっ面をやめ、優しく微笑んでみせた。

とても珍しい彼の笑みを目にして、近くにいる者たちは驚いている。だが、広間にいる人間の大半は気付かず騒ぎ続けていた。

レイハーネはそのまま壇上に上がり、他の王子や王女たちの背後を回ってラティーフの傍へ行く。

すると、王族の周辺に侍る女たちのうちの一人が、レイハーネを邪魔だと言わんばかりに突き飛ばした。

「きゃっ……！」

よろけてバランスを崩し、壇上から落ちそうになった彼女の身体を、ラティーフが咄嗟に受け止める。

「大丈夫か、レイラ」

抱きしめられたまま至近距離で顔を覗かれ、レイハーネの心臓はドクンと跳ねた。

黙って頷き、熱くなった頬を押さえて下を向く。

ラティーフは彼女を突き飛ばした女を睨(にら)みつけると、侍従に目配せをしてサッサと退場させてしまった。

彼の体温を感じた途端、昨夜の触れ合いを思い出しそうになり、レイハーネは焦って口を開く。

「あ、あの、これはなんの宴ですか？」

「ああ。年に数回、国王が国内の有力者たちをまとめて引見(いんけん)する。それが終わると、皆にこうして食事や酒を振る舞うんだ。そんなに堅苦しいものではないから、気を張る必要はない」

レイハーネは素直に頷(うなず)いた。

アブタキアでも国王が臣下のために宴席を設ける機会はあるが、その場に王女が呼ばれることはない。だが、ここでは王族が勢ぞろいしていた。

王族と国民との距離が、アブタキアよりずっと近いのかもしれない。

「身体は大丈夫か、レイラ」

背中を優しく撫でながら、ラティーフが問いかけてくる。

「かっ、身体って？」

「昨夜は気をやって、そのまま倒れただろう。歩き疲れたせいでもあるだろうが……ずっと心配していた」

あまりの恥ずかしさにレイハーネは顔を真っ赤に染め、身体を固くした。

（せっかく思い出さないようにしていたのに！）

「そんなこと訊(き)かないで……」

消え入りそうな声で返したら、ラティーフは愉(たの)しげに微笑む。

「お前は元から美しいが、着飾るとなおのこと美貌が際立つ。皆に見せるのは惜しいな」

「やめてったら」

こんなところで、そんな風に甘く囁(ささや)かないで――

レイハーネが半分涙目になって睨むと、彼は可笑(おか)しそうに笑った。そして彼女の目元を親指で優しく拭(ぬぐ)い、艶(つや)やかな髪を撫でる。

ラティーフはレイハーネの腕を引いて立ち上がり、国王とその両隣に座る美女たちに近づいた。

そして王から少しだけ離れた位置に座り、レイハーネの腰に腕を回す。

強く引き寄せられるまま膝の上に座らされ、彼女は周囲の目を気にして、そこから逃れようともがいた。

「こら。おとなしくする約束だろう」

ラティーフはレイハーネの身体を腕の中に閉じ込め、彼女にだけ聞こえる声で囁く。

「わが国の伝統衣装がよく似合う。だが、脱がせるのも楽しみだ。今夜こそ放さない」

「～～っ！」

それを聞いただけで頭に血が上(のぼ)り、気を失いそうだった。鼓動がますます速くなり、クラクラ眩(め)暈(まい)がしてくる。

思わずラティーフの胸にもたれかかると、彼は満足げに笑い、再びレイハーネの髪を撫でた。

国王の前には様々な人間が、入れ代わり立ち代わりやってくる。

それを見ていたら、こちらを向いた王と目が合い、レイハーネはビクンと震えた。

「どうした、レイラ」

「あの……」

困ってラティーフを見ると、彼はすぐに察して立ち上がった。

彼に腕を引かれるまま、レイハーネは国王の前へ出る。

「父上」

そう呼びかけたラティーフを、ユスラーシェ国王は微笑みながら見返した。

「ラティーフ。それがお前の選んだ女か」

レイハーネは王族の前に出た時の作法に従い、その場で膝をついて頭を下げる。

「聞いていた以上に美しい。まあ、頑なに妻を娶ろうとしなかったお前が選んだのなら、どんな娘であっても反対はしないが」

「長々と、ご心配をおかけしました」

ラティーフはそれだけ口にすると、再びレイハーネの腕を取り、立ち上がらせた。

国王は意味深に笑い、からかうような口調で言う。

「そう思うなら、皆に存分に見せつけてやるといい。心配していたのは私だけではないからな」

ラティーフは苦笑いしながら頷く。

そしてレイハーネの腰に腕を回し、彼女を連れて元いた場所に戻った。

宴が終わるには、まだ少し早い時間。

ラティーフは弟王子や国王に勧められ、賑わう広間を出ることにした。――当然、腕にはレイハーネを抱いて。

それを目にした者たちから冷やかしの声が上がっても、ラティーフは余裕の笑みを見せている。

一方のレイハーネは、顔を真っ赤にして下を向いた。

その時、一部の有力貴族たちが、広間の隅で何かを囁き合っていたのだが、二人がそれに気付くことはなかった。

ラティーフの寝所は、本宮殿とハレムを繋ぐ回廊の途中にあるという。広間を出てからずっと、レイハーネは彼に肩を抱かれながら歩いていた。

ドキドキしすぎて胸に痛みを感じるほどだ。

焦りと緊張。そして恐れと同時に、ひどく甘い予感――

彼の大きな手は熱く、触れられた肩から全身に火照りが広がっていく。

(どうしよう)

このまま流されてはいけないと思うのに、心のどこかでそれを望む気持ちがある。好きな人に求められて、嬉しくないはずがなかった。

けれど自分は王女で、親に決められた婚約者がいる――

グラグラ揺れ動いていた気持ちが、〝やはりこれではいけない〟という方向に大きく傾き、レイハーネは顔を上げた。

するとちょうどこちらを向いたラティーフと目が合う。レイハーネは驚き、「はわっ」と奇妙な声を上げた。

「なんだ。どうした」

ラティーフは足を止め、怪訝な表情を浮かべる。

「なっ、なんでもない、です」

（バカバカ、私っ！）

レイハーネは動揺しすぎて、言動がおかしなことになっていた。

（夜伽はダメって、ちゃんと言わなきゃいけないのに――！）

「なんでもないという顔じゃないな」

ラティーフはそう呟き、肩を抱いているのとは反対の手で、レイハーネの頬を優しく撫でた。

その手につられて視線を上げると、彼はこちらをジッと見つめながら顔を近づけてくる。

（あ……）

来る――と分かったのに、レイハーネは避けることができなかった。

ラティーフは唇を重ねると同時に、彼女のそれを押し開く。

「んっ、ぅ……」

（熱い――）

触れ合う唇も、頬を撫でる指先も、何もかもが燃えるように熱い。

逞しい腕に引き寄せられ、ガッシリとした体躯に囲われると、もうここから逃げ出すことはできないのではないかと思った。

彼の舌先がレイハーネの唇を割って入り、彼女の舌を絡め取る。

擦り合わされ、強く吸われて、レイハーネの背筋にゾクリと震えが走った。

ラティーフは名残惜しそうに唇を離し、甘い声で囁く。

「広間でお前の姿を目にした時から、抱きたくてたまらなかった」

レイハーネは思わず息を呑んだ。

ハッキリ求婚されてからというもの、彼の口からは意外なほど情熱的な言葉が出てくる。

表情を見ただけでは、そんなことを考えているなんて、とても想像できないのに。

ラティーフは自嘲気味に微笑んで言った。

「今ならまだ自制心が残っている。だが、それもなくなったら、この場でお前を抱いてしまうかもしれない」

「えっ!?　ここで?」

レイハーネは動揺し、焦って周囲を見回した。今のところ他に人の気配はないが、いつ誰がここを通ってもおかしくない。

「きゃあっ！」

ラティーフはニヤリと笑い、泉に落ちた時と同じように、レイハーネの身体を軽々と担ぎ上げた。

「早く行こう。誰の目にも触れないところに」

急に視線が高くなり、怖くなって彼の首にしがみつく。

それを同意と受け取ったのか、ラティーフは足取りも軽く、寝所に向かってスタスタと歩き出した。

高い天井と、石造りの床や壁。太い柱に囲まれた広い空間に、天蓋付きの大きな寝台が置かれただけの、とてもシンプルな部屋だ。

ラティーフはレイハーネの身体を抱えたまま寝台に近づくと、幾重にも吊り下げられた薄布を片手でかき分け、そこに彼女を座らせた。

そしてまた薄布で覆い、誰からも見られないよう、彼女を中に閉じ込める。

寝台は、二人で寝るには充分な広さがあった。だが天蓋と薄布に囲まれており、一緒にいるラティーフの身体が大きいことから、レイハーネはやけに狭く感じた。

「レイラ」

ラティーフは顔を近づけてきて、彼女の目を見つめる。

薄布を通してほんのり灯りが入ってくるので、彼の表情が分かるぐらいには明るかった。

そこで見る藍色の瞳は深く、とても美しい。

「ラティーフさま……」

彼の大きな手がレイハーネの頬に触れ、そのまま首すじを撫でた。

肩のところから衣装の内側に入り込み、ゆっくりと二の腕を伝い下りる。すると、着ていたドレスが肩をスルリと滑り落ちた。

「あっ」

胸が露わになり、レイハーネは咄嗟にそこを手で隠す。

心臓は早鐘を打ち、身体が急激に熱くなった。

ラティーフはレイハーネの手を掴み、隠していたものを再び露わにして、寝台の上に押し倒す。

そして彼女を見下ろして微笑んだ。

「美しいだろうとは思っていたが……想像以上だ」

首すじから鎖骨、その下に続くなだらかな丘陵を眺め、彼は瞳に熱を浮かべる。

細い身体に似合わぬ豊かな双房はハリがあり、レイハーネの動きに合わせてフルンと揺れる。

その頂の実はなめらかでわずかに色づいており、ラティーフはそれに吸い寄せられるように顔を近づけ、口に含んだ。

「ふぅっ、く」

またあのはしたない声を上げてしまわぬよう、レイハーネは下唇を噛んで耐える。

彼の熱くぬるついた舌先は、薄桃色の実を舐り、赤く色づかせていった。

とてもじゃないが、その光景を正視することができず、レイハーネはギュッと目をつむる。だがそうすると、彼の唇の熱さや舌の動きを余計に強く感じてしまった。

ラティーフは赤くなった実に軽く歯を立てる。

「やぁっ……んっ！」

途端に強い刺激が走り、レイハーネは思わず腰を浮かせた。

ラティーフはそこを咥えたまま、フッと笑う。

そうして柔らかな双房を左右交互にじっくりと味わいながら、彼女の表情を観察した。

素肌を晒していることだけでも充分恥ずかしいのに、彼の手は肌の上を這い、敏感なところを唇や舌で執拗に弄っている。

レイハーネはどうしていいか分からず、ただ全身を硬直させ、されるがままになっていた。

（このままじゃ私、また……）

身体は熱くなる一方だ。

このまま快感に翻弄されていたら、再びあの時のように、淫らな痴態を晒してしまう――

「ラティーフさまっ」

「ん？　どうした」

彼は胸の膨らみを大きな手で包み、優しく揉みしだきながら、レイハーネの顔を見上げた。

「やっぱり、私……んっ」

――妻にはなれない。

そう言おうとしたが、彼の強引な口づけに遮られた。

何度も唇を喰まれ、言葉を発するどころか息継ぎさえままならない。

「ん……ラティっ……んんぅっ！」

下半身に彼の体重がかかり、逞しい左腕がレイハーネの後頭部に回される。しっかりと身体を抱えられ、どんどん深くなる口づけから逃げることは叶わなかった。

彼はもう一方の手でレイハーネの乳房を優しく包み、赤く染まった胸飾りを指先で器用にくすぐる。

「あっ、ん……」

どうにか抵抗しようとするものの、レイハーネの身体はその意に反して快感を享受し、どんどん溶けていく。

甘い疼きと熱が、下腹部に次々と湧き上がった。

口蓋を熱い舌でなぞられ、ゾクゾクとした痺れが腰から背中を駆け上がる。

長い口づけからようやく解放されても、レイハーネは乱れた呼吸を整えるだけで精一杯だった。

隣に寝転んだラティーフの肩に、頭をクッタリともたせかける。

「――レイラ」

「え……？」

ふいに呼びかけられ、レイハーネは目を瞬かせた。

「まだ、婚約者が気になるのか」

低く冷たい響きの声。ラティーフは眉根を寄せ、不機嫌さを露わにする。

レイハーネはどうしたらいいか分からず、視線をさまよわせた。

端整な顔を近づけた彼は、首すじに熱い唇を押し当てて囁く。

「お前は、こういうことを他の男にされても平気なのか」

熱くてなまめかしい舌の感触が、肌の上を伝い、鎖骨の窪(くぼ)みに下りていく。

「あっ……！」

くすぐったさと共に、甘い痺れが湧いた。

彼の指先が背すじをつうっとなぞり、脇腹を撫でる。

その手はそのまま前に回り、胸の膨(ふく)らみを包んだ。それは彼の大きな手にちょうどよく収まり、ふにふにと柔らかく形を変える。

「他の男に触れられ、口づけられても……お前は同じように感じて喘(あえ)ぐのか」

意地の悪い問いかけに、レイハーネは思わず顔をしかめる。

「そんなことっ……ひどい」

泣きそうな顔で睨(にら)みつけたら、彼は真剣な表情で見つめ返してきた。

「ハッキリ言ってくれ、レイラ。お前に触れていいのは俺だけだと」

「ラティーフさま……」

「それとも、俺ではなく婚約者に抱かれたいのか？　――こんな風に」

ラティーフは胸の頂(いただき)を口に含むと、甘噛みしながら、手を下腹部に滑(すべ)らせる。

「やっ……あ……」

彼の手は腰のあたりに留まっていた衣服を剥(は)ぎ、固く閉じていた足の間に向かった。

すでに蜜を溢れさせ、濡れそぼっていた肉唇を割り、早々に肉芽を探り当てる。すると、レイハーネの腰に跳ね上がるほどの強い刺激が走った。

「あああぁあっ！」

ラティーフは指先で捉えた肉芽に蜜を絡め、転がすように撫でる。

「やっ、あ、んっ、ああ……っ」

指の動きに合わせ、レイハーネの身体がピクピク震えるのを、彼は愉しげに見つめた。

「感じるのか、レイラ」

肉芽を弄りながら、胸の頂を再び口に含み、敏感な先端を舌先で転がす。

急激に膨らんでいく快感に溺れそうになり、レイハーネは必死で彼の腕にしがみついた。

ふと見れば、彼の口元には仄暗い笑みが浮かんでいる。

「お前が誰のものなのか……一晩かけて、じっくり教えてやる」

低い声で囁かれ、甘い愉悦が、またしてもレイハーネの背筋を這い上がった。

寝台の上にうつ伏せにされ、覆い被さってきたラティーフに背後から抱きしめられる。

うなじや背中にいくつも口づけを落とされ、彼の湿った吐息に肌をくすぐられた。

「なめらかな肌だ……甘く、柔らかい」

熱くぬめった舌で背すじをなぞられると、腰骨が震えるほどの疼きが湧く。

それはまるで、自分の身体がじわりじわりと彼のものに塗り替えられていくような感覚。

触れられるたびに心は強く囚われ、ここから逃げ出そうという気持ちが薄れていった。

彼はレイハーネの身体に触れながら、どこが気に入ったかを事細かに伝えてくる。

例えば、身体の中でも特に柔らかい耳朶や、髪を上げた時に見える白く美しいうなじ。桃色をした敏感な胸飾りが硬くなり、ツンと上を向く様など——

彼の唇が背中から腰をたどり、大きく熱い手がやや小ぶりで丸い尻を撫でる。

愛撫(あいぶ)される場所が蜜口に近づくにつれ、レイハーネの呼吸はますます乱れていった。

それはラティーフも同じのようで、彼が徐々に興奮を高めているのが息遣いから感じ取れる。

「膝を立てろ、レイラ」

「んっ」

腰を掴んで持ち上げられ、膝が一瞬浮き上がった。

「やっ、あ……」

上半身は伏せたまま、尻だけを高く上げさせられる。レイハーネは恥ずかしさのあまり、敷布に顔を埋(うず)めた。

「お前の花がよく見える。美しい花びらも、その奥から零(こぼ)れそうな蜜も」

そう言ってラティーフは、ふくらはぎから腿(もも)までを焦(じ)らすように撫で、尻の丸みに口づけた。

その唇がゆっくりと蜜口に近づいてきて、レイハーネは息を呑む。

「やぁっ、それ以上、はっ……」

ラティーフは足の間に顔を埋め、舌で肉芽を探り当てると、それをじゅるりと舐め上げた。

「ああっ！　やっ、ラティ……フさまっ」

強い羞恥(しゅうち)と快感に、レイハーネは大きく震える。ラティーフはその腰を両手で抱え、肉芽を舌先で転がし、執拗(しつよう)に舐め続けた。

さらに溢れてきた蜜を、まるでそれが美味なものであるかのように啜り、味わう。

指先から与えられるのとは違う愉悦に、レイハーネは支配された。

頭の中は真っ白になり、高熱に浮かされた時のように視界が霞む。

「うっ、あぁっ……！　やあぁぁっ……ん」

馬車の中で気をやらされた時と同じく、急激に快感が膨らみ、追いつめられていく。

レイハーネの腰が逃げそうになるのを、ラティーフの手が力強く引き戻した。

「ダメぇっ、ラティーフさまっ……も、やあぁぁぁっ」

泣いても赦してもらえず、レイハーネは身を捩って快感の波に耐える。

だが限界はすぐに訪れ、またあの大きな愉悦に呑み込まれた。

「あっ、あ……あああぁぁぁっ……！」

腰をガクガク痙攣させたレイハーネは、膝を立てていられず、敷布の上に倒れ込む。

肩で息をしながら涙を零す彼女を見て、ラティーフは濡れた口元を拭いつつ、満足そうに微笑んだ。

そして着ていた衣服を大胆に脱ぎ捨て、逞しい裸体を惜しげもなく曝け出す。

広く分厚い胸板に、引き締まった腰つき。

初めて目にする、隆起した男性器——

敷布の上でぼんやりと彼を眺めていたレイハーネは、その異様な光景に目を見張った。

（あれは、何？）

思わず頭を起こすと、ラティーフがこちらを見て苦笑を浮かべる。

「男のこれを見るのは初めてか」

「それ、は？」

彼は寝台の上を膝立ちで歩き、そそり立つ男性器をレイハーネの目の前に持ってくる。

レイハーネは目を丸くし、おそるおそるラティーフの顔を見上げた。

「これをお前の中に入れ、身体を繋げて子種を注ぐ」

「これを？　……な、中って？」

彼のモノは随分大きく感じるが、これをどこに入れるというのか――

レイハーネが困惑していたら、ラティーフは彼女の両脇に手を差し入れ、まるで小さな子供のように抱き上げた。

「きゃっ」

レイハーネは敷布の上に座らされる。

ラティーフは黙って彼女の顎を掴むと、また唇を重ねた。

「ん」

優しく啄むように口づけながら、正面から抱きしめる。

レイハーネも固く引き締まった彼の腰に腕を回すと、そのまま後ろに押し倒された。

ラティーフは彼女の両膝を掴み、足を大きく開かせる。

「あっ……！」

レイハーネは羞恥に身を捩った。

彼は硬直しているモノをレイハーネの肉唇に押し当てると、ゆるゆると擦りつけて、敏感な肉芽を刺激する。

達したばかりで潤沢な蜜のぬめりが、摩擦をスムーズにさせた。

再び湧いてきた強い快感に、レイハーネは身悶える。

「やっ、それ……ん、あんっ」

擦られている場所から、くちゅくちゅといやらしい音が響いた。

ラティーフは上半身を起こし、彼女の痴態を見下ろしながら、一本の指をゆっくり蜜壺へ挿入する。それは微かな痛みを伴い、レイハーネは腰を震わせた。

「ここだ、レイラ。この中に俺のモノを入れる」

(そこに?)

指を引き抜き、肉茎の先端を蜜口に押しつけると、ラティーフは囁いた。

「お前の花を散らすのは俺だ。——他の誰にも、渡さない」

レイハーネは息を呑み、反射的に腰を引いたが、彼は逃げるのを許さなかった。

両足を押さえられ、下半身に彼の重みを感じた途端、身体を切り裂かれるような痛みが走る。

「あっ！」

油断していたところに、想像もしなかった苦痛——

鋭い痛みは灼熱のようにも感じられた。

彼の楔（くさび）は奥へ奥へと進む。レイハーネはあまりの痛みと熱さに息を詰まらせ、身体を強張（こわば）らせた。

「レイラ」

ラティーフの声には微かな色艶（いろつや）が混じり、呼吸も乱れている。

繋がりが深くなると、何かを堪（こら）えるように息を呑む音が聞こえてきた。

ふいに彼の動きが止まり、その手がレイハーネの頬を撫でる。

変わらぬ痛みと重苦しさに苛（さいな）まれながらも、彼女はなんとか目を開いた。

「――辛いか。すまない」

彼もまた眉根を寄せ、辛そうな表情をしている。

レイハーネは震える手を伸ばし、その頬に触れた。

「ラティーフさまも……痛いの？」

彼は驚きに目を見開いたが、すぐ苦笑いを浮かべる。

「かなり狭くてキツいが、痛くはない。俺の心配は無用だ」

「私は、痛い……」

涙を浮かべて弱音を吐いたら、ラティーフは愛（いと）おしげに微笑み、ギュッと抱きしめてきた。

「それは、お前が俺のものになった証（あかし）だ。初めは痛むが、徐々に薄れる」

「ん……」

彼の首に腕を回してしがみつき、レイハーネは固く目をつむる。

痛みはひどいが、下腹部にかかる重圧は、彼と繋がっていることを実感させてくれた。

ラティーフはレイハーネの身体をしっかりと抱きしめ直し、唇を重ねる。

舌を絡めて深く吸われると、彼が自分を強く求めていることが伝わり、レイハーネは嬉しくなった。

「ラティーフさま」

「ん？」

彼は額にうっすら汗をかきながら、レイハーネを見つめる。

「私に触れていいのはラティーフさまだけ、です」

痛みも苦しさも、彼から与えられるものなら我慢できる。

こんなことを他の誰かとするなんて、到底考えられなかった。

「レイラ」

レイハーネが痛みを堪えて微笑むと、なぜかラティーフのほうが苦しげな顔をした。

「すまない……少しだけ我慢してくれ」

「我慢？」

何を――と問いかけようとしたら、彼が大きく腰を引いた。

そして奥を抉るように、腰を激しくぶつけてくる。

「あぁっ……！」

彼にしがみつく手に力が籠もった。

「ラティ……フさ、まっ……やぁぁっ！」

痛みが増して思わず声を上げたが、重く熱い楔は容赦なく打ち込まれる。

（なぜこんな——）

繋がったら終わりではなかったのか。

痛みを上書きするかのように何度も深く穿たれる。レイハーネは混乱しつつも歯を食いしばり、それに耐えた。涙が自然に頬を伝う。

彼は苦しげな顔で抽送を繰り返しながら、こちらをジッと見つめていた。

（どうして、そんな顔を……）

そうしているうちに、いつしか痛みと熱さは交わり、二つの境界が曖昧になってきた。

体内を行き来する彼の存在が、より生々しく感じられる。

「あ……ん、あぁ……」

苦しげだったレイハーネの声が、いつの間にか甘い啼き声に変わっている。ラティーフもそれに気付いたようだ。

「——少しは慣れてきたか、レイラ」

そう問いかけながら、彼は小刻みに身体を揺らした。

浅いところを突かれると、じわりと鈍い快感が湧く。

「んんっ……あ、ラティ、フさまっ……」

相変わらず痛みはあったが、彼の言う通り、身体はだいぶ慣れてきたようだった。

ふいにラティーフがレイハーネの腹を撫で、結合部に手を伸ばす。

そのまま親指で敏感な肉芽を探り当て、それをゆっくり擦った。

あの強烈に甘い快感に襲われ、レイハーネの腰がビクンと跳ねた。無意識に中のモノを締めつけてしまい、痛みがさらに増す。

「あぁ……！」

彼は腰を緩やかに動かしつつ、深い口づけや胸飾りへの刺激、そして肉芽への愛撫を繰り返した。

レイハーネは痛みより甘い疼きのほうを強く感じるようになり、啼きながらラティーフにしがみつく。

すると、荒くなった彼の吐息が耳にかかった。

「はっ……、んっ……！」

そこに呻きとも喘ぎともつかない声が混じり、彼が苦痛ではなく快楽に耐えていることに、レイハーネはようやく気付いた。

(ラティーフさま)

額に汗を浮かべて顔をしかめる様が、なぜかとても色っぽく見えて、胸がきゅうっと締めつけられる。

「レイラ」

深い藍色の瞳が愛おしげに細められると、レイハーネは嬉しいのに泣きたい気持ちになった。

「ラティーフさま……好き」

子どもっぽい言い方だったが、彼はそれを聞いて満足げに微笑んだ。

ラティーフの首に回した腕に力を込めると、彼もまたレイハーネを強く抱きしめ返してくる。

「お前はもう俺の妻だ。ただ一人だけの――」

深いところを突き上げられても、もう苦痛ではなかった。

（これは、私がラティーフさまのものになった証）

どんなに痛くても苦しくても、ずっとこの腕の中にいたい――

レイハーネは、強くそう思った。


それから一晩中、レイハーネは彼の腕の中で啼き続けた。

最後、底の見えない穴に引きずり込まれるようにして眠りについた彼女は、急ぎ報告があると言って寝所を訪れたヒクマトにも、それを聞いてラティーフが部屋を出ていったことにも、気付くことはなかった。

＊

ラティーフはヒクマトと共に、ハレムの中にある普段は使われていない部屋に入る。

そこで、つい先ほど早馬で届いたという報告を聞き、ラティーフは顔色を変えた。

「――アブタキアの軍が、カリマを？」

ヒクマトが深刻な顔をして頷く。

「捕らえられた場所は、カザンテフという街にあるカリマの実家です。近くの住民によれば、しばらく前からその家族と隣人たちが強制的にどこかへ移動させられ、家の中を軍人が常に見張っていたと」

「それは……どう捉えればいい？　誰の差し金だ？」

一国の軍を手足のように使える人間。

いくら軍事大国だろうと――いや、軍事大国だからこそ、そんな人間は限られる。

自問するように呟いたラティーフに、ヒクマトは言った。

「今、カリマの行方を追わせています。王都に向かったようなので、あとは彼女が連れていかれた場所さえ分かれば、おのずと指揮系統も分かるかと」

ヒクマトの言葉に、ラティーフは頷いた。

――こうなったら、正確な情報が欲しい。もし相手を見誤れば、こちらの首が絞まることになる。

「別動隊の調査は、いつ結果が届く？」

「早くても二日後です」

「分かった」

届き次第報告するように言い、ラティーフは一人寝所へ戻った。

寝台の脇に立った彼は、力尽きて眠るレイラを見下ろし、大きく息を吐く。

（目覚めたら、今度こそ言わせなくては）

ラティーフは寝台に横になり、眠る彼女に寄り添った。

肌は艶があって美しく、うっすらと差し込む朝の光が、長いまつ毛の下に影を落とす。

激しい口づけを繰り返したせいか、赤く色づいた唇は、いつもよりぷっくりと膨らんで見えた。

敷布の上に広がって波打つレイラの美しい髪を、ラティーフはそっと撫でる。

つい一刻ほど前まで散々抱きつぶしたというのに、すぐに情欲が頭をもたげてくる。目の前で一糸纏わず横たわる彼女の姿は、ひどく煽情的だ。

(お前は一体何者なんだ、レイラ)

誰であろうと放さない——そう思う気持ちに変わりはない。彼女を抱いたことだって、微塵も後悔していない。

だが——

ラティーフは不穏な何かが忍び寄る気配を感じ、眠れないまま時を過ごした。

*

レイハーネの目が覚めたのは、もうだいぶ日が高くなってからだ。

頭を上げて周囲を見回した彼女に、ラナとラミアがすぐさま駆け寄ってくる。

「お目覚めですか!?」

「体調はどうですか!?　どこか具合が悪いところは……」

起き抜けで頭がボーっとしている時に勢い込んで話しかけられ、レイハーネは混乱した。

「え、何？　何があったの？」

「夜伽のお務め、お疲れさまでした」

「良かったですねぇ。ラティーフさまから、贈り物がたくさん届いてますよ」

（夜伽……贈り物……？）

二人の言葉を反芻し、レイハーネは自分がラティーフと一夜を過ごしたことを、ようやく思い出した。

「あああっ！　……って、ラティーフさまは？」

ここは彼の寝所だ。ハレムの自室ではないのに、なぜラナとラミアがいるのだろう。

「やだ、レイラさまったら。もう昼ですよ」

「ラティーフさまは朝からご公務で、いつもどおり本宮殿に行かれてます」

悠長に寝ていたのは自分だけだと暗に言われた気がして、レイハーネは言い訳がましく呟いた。

「だって……明け方まで眠れなかったんだもの」

ラナとラミアは目を丸くして「キャーッ」と叫んだ。

「夕刻から明け方まで、ずっと？」

「ラティーフさまってば、あんな恐いお顔して、実はかなり情熱的とか？」

（恐いお顔って……）

レイハーネは苦笑いを浮かべて身体を起こした。

だが、途端に腰がピキッと痛み、「ひぃうっ」と叫んで固まる。

奇声を発したレイハーネに、侍女の二人は怪訝な顔をした。

「レイラさま？」

「どうされたんですか」

レイハーネは冷や汗をかきつつ顔だけを二人に向け、おそるおそる口を開く。

「こ、し……」

二人は眉根を寄せて首を傾げた。

「こし？」

「あ、もしかして〝腰〟？」

ラミアが自分の腰を指差した。

レイハーネは寝台に両手をついた姿勢のまま固まっている。

「動けない……助けて」

ラナとラミアは顔を見合わせると、揃って「えぇぇぇっ」と素っ頓狂な声を上げた。

腰に力が入らず立つこともできないため、レイハーネはラナとラミアに支えられつつ、地を這うようにしてハレムの自室へ向かった。

途中、すれ違う人々から奇異なものを見るような目を向けられたが、そんなことには構っていられない。

部屋に戻ると、寝台の上に横たわって息を吐く。

痛みは大したことないが、油断してお腹の力を抜くと腰にグキリときた。だから横になりながらも、常にお腹に力を入れている。

「それにしても、腰を痛めるとは……」

「頑張っちゃったんですねぇ、レイラさま」

ラナとラミアが笑いを堪(こら)えていることに気付き、レイハーネは不機嫌になる。

(私のせいじゃないし――!)

だが、二人は動けないレイハーネに、甲斐甲斐(かいがい)しく身の回りの世話を焼いてくれた。


レイハーネが自室に戻ってすぐ、またしても侍従ヒクマトの名前で夜伽(よとぎ)の命が届いた。

侍女の二人は、立って歩くことすらままならないレイハーネを見て、今夜は無理だと遣いの者に告げる。

すると数刻もしないうちに、レイハーネの部屋にラティーフが訪れた。

王子を初めて間近に見て、ラナとラミアはひどく緊張し、オロオロしている。

「ラティーフさま……どうしたんです?」

目を丸くするレイハーネを見下ろし、彼は寝台の端(はし)に腰かけた。

「それはこっちのセリフだ、レイラ。具合が悪いのか？　顔色はいいようだが」

「もしかして、心配してわざわざ来てくださったんですか？」

レイハーネは驚くが、ラティーフは当然だと言わんばかりに頷(うなず)いた。

「昨夜は無理をさせたからな。すまなかった」

彼の大きな手が伸びてきて、頬をそっと撫でられる。

そのくすぐったさと心地良さに、レイハーネはうっとりした。

ラティーフはラナとラミアに下がるよう伝える。彼女たちはレイハーネを気遣って躊躇う様子を見せたが、結局は言われたとおり部屋を出ていった。

それを見届けると、ラティーフは黙ってレイハーネに顔を近づけ、優しく唇を重ねる。

昨夜の甘い営みの余韻が戻ってきて、レイハーネの鼓動はまた速くなった。

「それで？　なぜ夜伽ができないんだ」

心配とも残念ともつかない顔をして、ラティーフは彼女の目を覗き込む。

こうなった原因を思い出し、レイハーネはふくれっ面をした。

「一人で立てないんです。その……腰が……」

恥ずかしさで頬の熱が上がり、語尾が聞こえないほど小さくなってしまう。

だがラティーフの耳にはちゃんと届いたようだ。

「腰を痛めたのか……。なるほど。それはすまない」

「いえ」

真っ赤になって顔を隠すレイハーネを見下ろし、彼は苦笑した。

「痛みは？　あまりひどいなら医者を呼ぼうか」

レイハーネは首を横にブンブン振った。

「呼ばなくていいから！　お医者さまに説明できませんっ、こんなこと！」

ラティーフは可笑しそうにクックと笑い、彼女の頭を撫でる。

「次からは、もう少し加減しよう。やっと手に入れたから、夕べは放しがたくてな」

「ラティーフさま！」

誰が聞いている訳でもないのに、ものすごく恥ずかしい。

それ以上何も言わないで欲しいと目で訴えるが、彼には通じなかった。

「寝所まで来るのが辛いなら、俺がこっちに来よう。だから今夜も夜伽をしてくれ、レイラ」

「今夜も？」

レイハーネは驚いて、声がひっくり返る。

「ああ。もちろん身体の調子が戻るまで手は出さない。ただ横にいるだけでいい」

(そんな必死な顔で言われると――)

とてもじゃないが逆らえず、レイハーネはコクリと頷いた。

「一緒に寝るだけなら……」

それを聞いて、ラティーフは嬉しそうに微笑む。

彼はいつからこんなに表情豊かになったのだろう。

満足のいく答えを聞き、ラティーフは早々に仕事へ戻っていった。

しばらくしてから、ラナとラミアが顔を出す。

「レイラさま、すごいですね」

「ラティーフさまを、あんなにメロメロにしちゃうなんて」

反射的に頭を起こしたレイハーネは、腰にグキリと嫌な軋(きし)みを感じた。

「うっ……！　まさか二人とも、聞いてたの？」

敷布に伏せながら問いかけると、二人はニッコリ笑った。

「当然です。ラティーフさまがレイラさまに、これ以上無体を働いては困ると思って」

「その時は、私たちがお止めしなくては」

二人は顔を見合わせて「ねー」と頷き合う。

(本当かしら。ただの興味本位じゃ……)

レイハーネは顔を赤くしたまま、二人に疑いの目を向けた。

だがラナもラミアもそんなことは意に介さず、先ほど耳にしたラティーフの顔に似合わぬ甘いセリフについて、はしゃぎながら語り合っていた。

本宮殿に向かう道すがら、ラティーフは大事なことを思い出した。

レイラが目を覚ましたら、今度こそ素性を訊ねようと思っていたのに――

「今夜、訊けばいいか」

朝まで隣に横たわりながら、彼女が目を覚ますのを待っていた。だが、起きる気配が全くないので諦めたのだ。

無理を強いたのは自分なのだから、仕方ないと言えばそれまでなのだが。

(それにしても、腰を痛めるとは)

自分が悪いと分かっていつつも、ラティーフは苦笑する。

そして本宮殿の入り口に足を踏み入れた時、前方からヒクマトが走ってくるのが見えた。

彼は険しい表情で、ラティーフを見るなり声を上げる。

「ラティーフさま！　こちらへ、お早く！」

ヒクマトは通路脇にある小部屋を示していた。ただ事ではない雰囲気を察し、ラティーフもすぐさま走り出す。

二人でその小部屋に入ると、ヒクマトは慎重に周囲を窺いながら扉を閉めた。

「――何事だ」

ラティーフが端的に問いかける。ヒクマトは息を切らしながら振り返り、低く抑えた声で言った。

「カリマが連れていかれた場所が分かりました。――アブタキアの王宮です」

「王宮……？」

一瞬、彼を眩暈が襲った。

アブタキアの王宮に住まうのは、王とその一族のみだ。臣下は基本、城下に住まいを構えている。

レイラが上位貴族の娘であったとしても、王宮に住んでいたとは考えにくい。

かといって、城仕えをしていたとも思えない。誰かに仕えていたにしては、迂闊で奔放な言動が多すぎる。

そこまで考えて、ラティーフは「まさか」と呟いた。

「レイハーネ……？」

ヒクマトは顔をしかめて頷く。

「アブタキアの第三王女レイハーネさまで、まず間違いありません。容姿の特徴や年齢も合致します。そして以前、王女の身辺調査を行った際の資料をさらったところ、侍女の名前がカリマでした」

「なんということだ……」

まさか一国の王女が侍女を追いかけて奴隷商人に自分を売るなど、誰が予想できたというのか。

そしてカリマが戻ったということは、アブタキアは王女が隣国ユスラーシェ、それも第一王子のハレムにいることを把握している。

「まずい」

ラティーフは無意識に呟いた。

レイハーネ王女は婚約中の身だ。それもユスラーシェの敵国であるガジェティフの王子と。その王女が図らずもここへ来て自分の妻になり、現在ハレムにいる。

これが何を意味するか――

ラティーフは息を呑み、ヒクマトに告げた。

「一刻も早く王女を国へ返す。俺も彼女と一緒にアブタキアへ向かおう。王に何もかも正直に話す以外、潔白を証明する手立てはない」

すると、ヒクマトが顔色を変える。

「そんなことをすれば、ラティーフさまの命がっ！」

「俺一人の命で済むならまだ安いほうだ。王女はあのダールの婚約者だぞ。どちらにしろタダでは済むまい」

ラティーフとヒクマトは、ガジェティフの第一王子ダールと面識があった。

彼はアブタキア国王が愛娘の夫にと望むほど有能で、常に冷静。かつとても非情な男だ。

ヒクマトも言われてすぐに状況を理解したのか、歯ぎしりしつつも頷く。

「……早急に手配します」

悲痛な面持ちで言うと、彼は来た時と同じ勢いで部屋を飛び出していった。

ラティーフはすぐさまハレムへ戻る。

いざ正体が分かってみれば、彼女の言動の何もかもが王女であることを物語っていた気がする。

知らぬうちにとんだ窮地(きゅうち)に立たされたにもかかわらず、ラティーフは不思議とレイハーネを責める気にはなれなかった。

自分の命だけでなく、下手をすれば国の存続すら危ういというのに。

たとえあの一夜だけで終わっても、彼女を抱いたことを後悔する日は決して来ないだろう——そう思った。


ハレムに再び足を踏み入れてすぐ、ラティーフは異常な雰囲気に気付いた。

ついさっきまでは平穏な空気が流れていたというのに、今はあちこちから驚きや恐怖に満ちた声が聞こえてくる。

(まさか、もう?)

一瞬、アブタキアの軍勢が押し寄せてきたのかと考えた。

実際のところ、かの国がその気になれば、ユスラーシェの王宮に攻め入ることなど造作もないだろう。

ラティーフはレイハーネの部屋に慌てて駆け込んだ。

「レイラ!」

つい呼び慣れた名前が口をついて出る。

だが、彼女はそこにはいなかった。

「おい！　誰かいないのかっ、レイラ！」

そう叫ぶと同時に、背後と左右から剣先をつきつけられ、周りを囲まれた。

見れば、ユスラーシェの衛兵たちがこちらに剣を向けている。

「お前たち……どういうつもりだ」

全員を睨み回すと、そのうちの一人――副隊長ファリスが前に歩み出た。

「申し訳ありません、王子。王のご命令により、今しばらくの間、王子をハレムからお出しすることはできません」

「……は？　父上の命だと？」

ファリスは表情を凍らせたまま、静かに答える。

「はい。レイハーネさまは王のもとへ丁重にお連れしましたので、ご心配いりません」

ラティーフは驚愕に目を見開いた。

「ファリス。今、〝レイハーネ〟と言ったか」

問われたファリスは、一瞬しまったという顔をしてから頷く。

「はい。アブタキアの第三王女レイハーネさまと伺っております」

（なぜそれを、父上が？）

ラティーフは気付くのが遅すぎたことを自覚し、ギリリと音がするほど歯を食いしばった。

「彼女をどうするつもりだ」

「さあ。申し訳ありませんが、私には分かりかねます」

白々しいほど冷たい口調で返され、ラティーフは壁に拳を叩きつける。

「今すぐ俺を父上のところへ連れていけ。〝妻〟を、簡単に渡す訳にはいかない」

ファリスは静かに首を横に振った。

「ここからお出しすることはできません。王のご命令をお待ちください」

こちらが何を言っても、この男は絶対に動かない。ファリスはとても忠実な王の僕である。

それを知っているラティーフは、怒りに沸騰しそうな頭をなんとか冷やすべく、その場で深呼吸を繰り返した。

＊

その少し前のこと。

いきなり部屋に入ってきた複数の男たちを見て、レイハーネと二人の侍女は驚いた。

あの宴の会場にいた衛兵たちだ。独自の制服を着ているからすぐに分かる。

彼らは、レイハーネが横になっている寝台の前で一列に並んだ。

そのうちの一人が一歩前に出て口を開く。

「お休みのところ失礼いたします。私は近衛隊の副隊長ファリスと申します」

「なんのご用でしょう？　すみません私、腰が立たなくて」

第一王子のハレムに彼以外の男性が足を踏み入れるなど、尋常ではない。一体何が起きたのかと思い、無理に起き上がろうとしたら、腰がズキリと痛んだ。

ファリスは表情をピクリとも動かさず、片手だけを前に出して言う。

「そのままで結構です、レイハーネ王女。お身体の調子が悪いところ申し訳ありませんが、王が貴女さまをお呼びです」

（え――？）

今、彼はなんと言った？

固まるレイハーネに、ファリスは畳みかけるように言う。

「今朝方アブタキア国王より、早馬にて親書が届けられました。そこに書かれていた内容について、早急に話がしたいとのことです」

（お父さまから……手紙？）

レイハーネは自分の顔から血の気が引いていくのを感じた。

――とうとうこの時が来た。

カリマの報告を聞いて迎えを寄越してくれたのなら、まだいい。だが、そうでなければ――

レイハーネは痛みを堪(こら)え、無理矢理身体を起こした。

「分かりました。行きます」

ファリスはホッとしたように息を吐く。

「――おい、そこの侍女。レイハーネさまに何か羽織(はお)るものを」

レイハーネがハッとしてそちらを見れば、部屋の隅にラナとラミアが怯えた表情で立ちつくしている。

動かない二人に苛立ちをぶつけようとするファリスを、レイハーネは慌てて止めた。

「待って！　彼女たちは何も知らないの」

その言葉だけでファリスは納得したようだ。椅子の背にかけてあった羽織りものを自ら取って、レイハーネの前まで来た。

「失礼いたします」

彼は一言断ってから、それをレイハーネの肩にかける。

礼を言って立ち上がろうとしたレイハーネを、今度はファリスが制した。

「急ぎますので、無礼を承知で失礼します。――バクル、お運びしろ」

バクルと呼ばれた体格のいい青年が前に出てくる。

彼は何も言わずレイハーネの前に屈み、その身体を軽々と抱き上げた。

「きゃっ」

レイハーネが思わず声を上げると、ラナとラミアが反射的に叫んだ。

「レイラさまっ」

「何するの！」

それを横目で見たファリスが合図し、二人の衛兵が素早く彼女たちを拘束する。

レイハーネは慌てて言った。

「乱暴しないで！　ラナとラミアに何かしたら許さないわ！」

こちらの正体を知るファリスの耳に、その言葉はとても重く響いたようだ。

一瞬だけ目元を引きつらせた彼は、侍女たちを拘束した衛兵に、手加減するよう伝える。

バクルに運ばれて部屋を出る間際、レイハーネはラナとラミアに言った。

「心配しないで。私は大丈夫だから」

「レイラさま」

「あの、王女って……ほんとですか？」

困惑の表情を浮かべる二人に、レイハーネは微笑みながら頷く。

「少しの間だけど、楽しかったわ。ありがとう」

「そんな！」

「ラティーフさまのことは？」

ラミアの問いかけに、レイハーネの胸はズキリと痛んだ。

これから向かう場所には、ラティーフもいるのだろうか。

もし会えないまま帰国することになれば——そして父が彼のことを誤解しているとしたら、もう二度と会えなくなってしまうかもしれない。

（ずっと黙っていたこと、怒るかしら）

だがそのおかげで、ラティーフは最後まで知らないままだった。

その事実が、彼を守る盾になればいいのだけれど——

縋るような視線を向けてくるラナとラミアに、レイハーネは言った。

「私の夫はラティーフさまだけよ。後にも先にも、ずっと」

今はそれしか言えない。

美しい笑みを残し、レイハーネはハレムを出る。

ラナとラミアはハレムの中にある小部屋に入れられ、王の許可が出るまでの間、そこに軟禁されることになった。

二人は互いの手をギュッと握り合い、ただ一心に主の無事を祈った。


バクルと呼ばれた衛兵は、ただ黙々と本宮殿の回廊を進んでいく。その足があまりに速いので、レイハーネは何か特殊な乗り物にでも乗っているような気分になった。

着いた部屋は広かったが、内装が地味で、王と接見するための場所とはとても思えない。

そこにあった長椅子にレイハーネを下ろすと、バクルは何も言わずに後ろへ下がった。

しばらくして、二人の側近を引き連れた国王が現れる。

咄嗟に立ち上がろうとしたレイハーネが腰の痛みに呻くと、衛兵から何やら耳打ちされた王は、すぐに「そのままでいい」と言った。

部屋の扉は厳重に閉じられ、その両脇にバクルを含む衛兵が立ち並ぶ。

王がレイハーネの向かい側に座ると、そのすぐ背後に側近が控えた。

改めて見ると、王は息子のラティーフとはあまり似ていない。背は高いが小太りで、組んだ手足を忙(せわ)しなく動かし、鋭い目つきも神経質そうな印象を与える。

彼はいかにも困った表情をして、ため息まじりに呟(つぶや)いた。

「なんと言っていいか……。正直なところ、私もまだ色々と整理しきれていない」

謁見の場においては、相手に許可されるまで発言できないという決まりだ。

レイハーネはそれに倣(なら)い、黙って耳を傾ける。

「昨夜の宴(うたげ)の後、アブタキアの情勢に詳しい者から注進(ちゅうしん)があった。――王子が囲っている女性がレイハーネ王女に酷似(こくじ)していると」

ハッとして顔を上げたら、王と目が合った。彼はずっと困った顔のままだ。

「その者は信頼できるが、まさかという気持ちが大きかった。あのラティーフが、いくら気に入ったからといって、王女を攫(さら)うような真似をするとも思えんし――」

「そんなことはされてません！」

レイハーネが思わず叫ぶと、王と側近は驚いて目を丸くした。

「私がここへ来たのは偶然で、ラティーフさまは何も知らなかったんです！　今だって、私が王女だとは……」

「ラティーフは、貴女が王女だと知らないのか？」

レイハーネは申し訳なくなり、目を逸らして頷(うなず)く。

「そうだったのか……」

それが王としての気持ちなのか、親としての気持ちなのかは分からないが、彼は明らかにホッとした。

　しかし、すぐに深刻な表情に戻って言う。

「今朝、貴女の父上から親書が届いた。『速やかに娘を返せば大事（おおごと）にはしない』と書かれている。逆に言えば『今すぐ返さなければ大問題になる』ということだ」

（つまり、戦（いくさ）になるということね……）

　レイハーネはコクンと頷く。

「一度は帰らなくてはと思ってました」

　それを聞き、ユスラーシェ王は怪訝（けげん）な顔をした。

「一度は？」

「私はもうラティーフさまの妻です。だから国に帰って、父にダール王子との婚約を破棄（はき）して欲しいと頼むつもりです」

　王は側近と顔を見合わせてから、首を横に振った。

「それは困る」

「え？」

　レイハーネが目を見開くと、王は眉根を寄せながら低い声で呟いた。

「お父上には、ラティーフも私も何も知らなかったと話して欲しいのだ。そして貴女とラティーフの間には何もなかったとも。身分を知らなかったとはいえ貴女と関係を持ったとなれば、最悪の場合戦（いくさ）になり、我が国は滅びるだろう」

（国が滅びる？）

レイハーネは以前、カリマに言われたことを思い出した。

『元々、ユスラーシェとガジェティフは仲が悪い。ガジェティフは王子の婚約者を奪われたことを理由にアブタキアと組み、ここぞとばかりにユスラーシェを叩きに来るでしょう』

宮殿から逃げ出したのは、まだ父王に居場所を知られる前だった。あの時、無事に帰れていれば、ユスラーシェは一切関係ないまま話は終わっていたはずだ。

けれどもう、ここにいることはバレてしまった。婚約を破棄したいとか、ラティーフの妻になりたいとか言い出せば、それだけで疑いを抱かれてしまう。

——ラティーフはレイハーネを手に入れるために盗賊を装い、彼女を攫ったのではないかと。

レイハーネは涙が零れそうになるのをグッと堪えて俯いた。

王は念を押すように付け加える。

「ラティーフはいずれこの国の王になる。息子の将来のためにも、どうか理解して欲しい」

一国の王であり、愛しい人の父親でもある彼に頭を下げられては、レイハーネも頷くしかない。

だが、まだ心の中では諦めていなかった。

国に帰って落ち着いた頃合を見計らい、父を上手く説得すれば、いつかラティーフとの結婚を認めてもらえるかもしれない。

そのためには、ユスラーシェとの婚約を破棄する別の理由が必要になるだろう。

（どちらにしろ、国に帰らなきゃ始まらないわ）

まずは、ラティーフへの疑いを晴らすことが先決だ。カリマが無事に国へ着いたのかも気になる。

レイハーネは膝の上で拳をギュッと握りしめた。

「分かりました。お父さまには私からちゃんと言います。ここの方たちは私の正体を知らなかった。にもかかわらず、とても親切にしてくださったと」

王は「ああ」と安堵の声を漏らした。

だが側近の一人が不安そうな面持ちで訊ねてくる。

「本当にいいのですか。その、ラティーフさまとは……」

レイハーネは涙を堪えて頷いた。

「だって本当のことですもの。素性の分からない私に、とても優しくしてくださいました。だから今度は、私がラティーフさまを守ります」

王は部屋を出ていき、側近の男が「すぐに馬車を手配します」と告げる。

レイハーネは出発する前に、キイスの街で買ったあの衣装だけは返してもらうことにした。

それをハレムから持ってきてくれたのはラミアで、彼女はレイハーネの顔を見た途端、泣きそうな表情で駆け寄ってくる。

「レイラさまっ」

不覚にも腰がヨレヨレなレイハーネは、長椅子に腰掛けたまま彼女を受け止めた。

「私、何度聞いても信じられなくて。本当にアブタキアから？」

「うん、そうなの。驚かせてごめんね。騙したかった訳じゃないんだけど」

「本当のお名前は、レイハーネさま？」

「そうよ、ラミア」

床に跪いてこちらを見上げるラミアの目は、涙で濡れていた。

レイハーネは着替えるからと言って、扉の内側に立っていた衛兵を外へ出す。

すると、ラミアは着替えを手伝いながら、小声で囁いた。

「先ほど、ハレムのお部屋でラティーフさまをお見かけしました。王のご命令で、あそこから出られないようです」

レイハーネは驚いたが、すぐに納得した。

自分が宮殿を出るまで、彼は軟禁されているのだと。

「何か、お伝えしたいことはありますか？」

ラミアの問いかけに、レイハーネは息を呑む。

（ラティーフさまに伝えたいこと——）

頭の中を様々な言葉が駆け巡った。

だが、口頭で伝えられることは限られている。

「私の気持ちは変わりませんって。それだけ伝えてくれる？」

こちらも小さな声で囁いたら、ラミアは力強く頷いた。

久しぶりにあの衣装に袖を通したレイハーネは、裾にあしらわれた幸運の花の刺繍に触れる。

すると、ラミアが「マリカですね」と言った。

「マリカって？」

「それです。その花」

ラミアの視線の先には、花の刺繍がある。

「え。これ、マリカって名前なの？」

「はい。ユスラーシェの国花です。不思議なんですが、その青い柄が入る種類はユスラーシェでしか咲かないらしくて」

レイハーネは目を見開きながら、その刺繍を眺めた。

（この花が、ユスラーシェの国花……）

あのオアシスはユスラーシェとの国境近くにある。あそこでしか花が見つからなかったのは、そういう訳だったのだ。

幸運の花がますます特別なものに思え、レイハーネは感慨に浸りながら裾の刺繍を撫でた。

支度が済んだところで、ラミアに別れを告げる。

「ラナにもありがとうと伝えて」

そう頼むと、彼女はまた涙ぐみ、レイハーネの手を握って言った。

「お帰りをお待ちしてます」

レイハーネは小さく頷き、副隊長のファリスに案内されて宮殿の外へ出る。

（大きな城……）

初めて明るいうちに見上げた宮殿は、荘厳（そうごん）でとても美しかった。

頑丈で大きな馬車に乗り込み、レイハーネは思う。

（また、ここに帰りたい）

それが叶うかどうかは、彼女自身にも分からないまま――

*

第三王女レイハーネの行方が分かった時から、アブタキア王宮は静けさとは無縁の状態となった。

連日関係者が走り回り、大変騒々（そうぞう）しい。

第二王子のナジブは、兄弟の中で唯一レイハーネと母が同じで、歳の離れた妹を父に劣らず愛していた。

そのため彼女の消息が絶たれてからは、心痛で倒れそうになりながらも、行方を必死で追っていたのである。

彼は『手掛かりがあるとしたらここだけだ』と言い、キイスの町を捜し尽くした。そしてついに、カリマとレイハーネらしき女性を売買したという商人を見つけたのだ。

ハビールと名乗る奴隷（どれい）商人は、盗賊の一味とおぼしき男からカリマだと思われる女性を買い、ユスラーシェ王宮の高官に売ったと話した。その後、彼女を捜す別の女性を、同じ高官に売ったという。

それが本当であれば、二人はその高官の屋敷か宮殿にいるだろう——そう思って調べたら、レイハーネの居場所はすぐに判明した。

——第一王子ラティーフのハレムである。

ナジブはラティーフと面識があった。歳が近いこともあり、以前アブタキア王宮を訪れた彼を案内したのだ。

話してみると、彼は恐そうな見た目に反し、とても理性的で穏やかな性格だと感じた。

だからレイハーネの夫候補がダールとラティーフの二人に絞られた時も、どちらにするかで意見が割れ、かなり揉めたのである。

決め手に欠けたが、最終的にダールに決まったのは、ラティーフの強面(こわもて)が理由だった。

長兄のアーデルが『レイハーネが彼に会ったら怖がるのではないか』と心配し、父王もそれに頷(うなず)いたのだ。

(失敗した)

ナジブはため息を吐(つ)く。

ラティーフがアブタキアへ来た折、レイハーネと会わせておけば良かったのだ。そうすれば、彼ならすぐ彼女の正体に気付いて連絡を寄越しただろうし、問題がこんなに長引くこともなかった。

おかげで今、とても面倒くさいことになっている。

ナジブが謁見室(えっけんしつ)に入ると、険(けわ)しい顔つきの父王マージドが、長兄アーデルと何かを話し合っていた。

二人はナジブに気付いて振り返り、それぞれ手招きする。

「待っていたぞ、ナジブ」

「今の状況を聞かせてくれ」

レイハーネの居場所を見つけてから、捜索の指揮はナジブが執っていた。現在、この問題に関する情報は、全てナジブのもとに集まるようになっている。

「先ほどユスラーシェから文書が届きました。こちらの要請どおり、レイハーネを出立させたようです」

マージドは表情をわずかに緩ませ、ホッとした様子を見せた。その隣に立つアーデルは厳しい顔をしたまま、ナジブを見つめる。

「それで、どうなんだ」

彼が何を訊きたいのか、ナジブは手に取るように分かった。

――レイハーネがユスラーシェの王宮で、どのような扱いを受けていたのか。

それは、ナジブも含め全員が気にしていることだ。

「その文書だけでは何も分かりません。あくまで憶測に過ぎませんが、ラティーフの性格からすると、そこまで酷い扱いをされることはなかったはずです」

マージドとアーデルはそれぞれに怒りを表し、拳を握りしめる。

「そこまでとは、どういう意味だ！」

「彼のハレムにいたのだろう？　であれば、すでにレイハーネは……」

アーデルは何かを言いかけ、途中で口を噤んだ。隣にいるマージドから、射殺さんばかりの視線を向けられたからだ。

ナジブはため息を吐き、努めて冷静に言った。

「レイハーネも彼も、互いの顔は知らなかったはず。レイハーネが王宮に売られたのは偶然だと分かっていますが、ハレムにいたとなれば……やはり、そういう可能性も」

考えたくはないが、妹はすでにラティーフに手をつけられた可能性が高い。

当然、父も兄もそう考えているのだろう。

だから二人は、不機嫌そうに黙り込み、反論はしてこなかった。

アーデルが眉間にシワを寄せ、ナジブに問いかける。

「本当に偶然なのか？　そもそも最初の誘拐をラティーフが仕掛けたという可能性は？」

それを聞いたマージドは、跳ねるような勢いで顔を上げた。

「そうだ！　奴はレイハーネの夫になることを熱望していた！　思い余って無理矢理攫うという暴挙に出てもおかしくない」

ナジブは軽く息を吐き、首を横に振る。

「それはありえません。彼は決して馬鹿ではない。この私が最後までレイハーネの夫候補に推していた男ですよ？」

マージドは少し冷静になったのか、大きく息を吐いて椅子に座り直した。

ナジブは二人をなだめるように言う。

「どちらにしろレイハーネが戻り、本人から話を聞けば、その辺りの事情も分かります。早まった決断はおやめください」

二人は顔を見合わせ、頷いた。

「分かった。今しばらくは待とう」

「レイハーネの到着はいつ頃になる？」

「――おそらく、明日の明け方には」

それを聞き、マージドは喜びの表情を浮かべる。

「ようやく顔が見られるのだな」

「そうですね。まずはあの子が生きて帰ってくることを喜びましょう」

三人は互いに笑みを見せ、少しだけ肩の力を抜いた。

＊

ラティーフはハレムに軟禁されたまま、夜を迎えた。

レイハーネが寝ていた寝台で横になり、彼女の姿や愛らしい声、柔らかい肌の感触などを繰り返し思い出す。

あの後、少し冷静になってから、ラティーフは色々なことに気が付いた。

例えばアブタキアの王族のこと。

現国王は多くの妻妾を抱え、王子が三人、王女も三人いる。

その中に一人だけ、レイハーネと母親の同じ兄がいた。

——第二王子のナジブだ。

母は大層な美女で、王の寵愛を受けたらしいが、レイハーネを産んで数年後に亡くなっている。

ナジブはレイハーネと同じ髪色で、男にしては大変美しい容姿をしていた。

(彼の協力があれば、なんとかなるかもしれない)

激情型である王や第一王子と違い、第二王子のナジブは落ち着いた理知的な性格をしている。彼と話せばどうにか道が拓けるかもしれない、とラティーフは思った。

(これは賭だ——それも危険な)

レイハーネの力だけで婚約を破棄するのは、おそらく無理だろう。このままでは、彼女は遠くないうちにガジェティフへ嫁がされてしまう。

(ここを出たらすぐ、ナジブ王子に連絡を取ろう)

去り際に彼女が残した、『私の気持ちは変わりません』という言葉。

それに、ラティーフはなんとしてでも応えたかった。

「待っていろ、レイハーネ」

そう呟き、拳を固く握りしめた。

＊

いくら大きくて頑丈な馬車とはいえ、やはり岩砂漠を走れば揺れる。

特に今のレイハーネは腰痛を抱え、自分の身体を支えることもままならない。

気持ち悪くて吐きそうになるのを必死で堪(こら)えた。

椅子の上で横になり、「早く着いて」と半(なか)ば呪文のように呟(つぶや)く。そうして、ほぼ丸一日の行程をどうにか乗り切った。

ふと、空気がよく知った匂いを帯びる。

レイハーネは自分がアブタキアに帰ってきたことを悟った。

小窓を覗(のぞ)けば、馬車は見覚えのある街道を走っていた。何度も目にした王都の街並みが後ろに流れていく。

そんなに長く離れていた訳じゃないのに、なぜかとても懐かしい気がした。

馬車が宮殿の門をくぐると、途端に周囲が騒がしくなる。

ワラワラ湧き出てきた中に自分と同じ色の髪と肌をした兄の姿を見つけると、レイハーネは小窓から叫んだ。

「ナジブ兄さま！」

彼もすぐに気付き、「レイハーネ！」と呼び返す。

宮殿の正面に着くと、馬車の扉が開けられた。彼女が出るより先に、兄のほうが飛び込んでくる。

「レイハーネ……良かった！」

腕の中に囲われ、強く抱きしめられた。

ナジブはとても落ち着いた性格だ。そんな彼がひどく取り乱しているのを見て、どれだけ心配をかけたのかが分かり、レイハーネは目に涙を浮かべた。

「ごめんなさい、兄さま」

「いいんだ、もう。こうして帰ってきてくれただけで」

レイハーネは兄の顔を見ようとして頭を上げ、途端に視界がグラリと揺らぐのを感じた。

（あ、まずい、これ）

ナジブの腕の中に崩れ落ちながら、彼女は思う。

（もう、岩砂漠を馬車で走るのはごめんだわ――……）

ひどい馬車酔いのせいで一晩中眠れずにいたレイハーネは、ホッとしたのと同時に貧血を起こして意識を失ってしまった。


目を覚ますと、見慣れた自分の部屋の天井が見える。

レイハーネは一瞬、全て夢だったのではないかと思った。

だが、いつも近くにいるはずのカリマがいない。

身体を起こした彼女に声をかけてきたのは、ナジブと長兄アーデル、そして父の三人だった。

「レイハーネ！」

「おお、目が覚めたか」

「よく顔を見せておくれ、レイハーネ」

父とアーデルの髭モジャ顔がいきなり近づいてきて、レイハーネは戸惑う。

だが、そこにナジブの優美な顔が加わると、彼女はホッとし、自分がアブタキアへ帰ってきたことを思い出した。

「ただいま、ナジブ兄さま。それにお父さまとアーデル兄さまも」

微笑むレイハーネを見て、父王とアーデルはいたく感激し、涙ぐんだ。

「さぞや辛かったろう、レイハーネ。もう大丈夫だからな」

「これからは我慢する必要はない。嫌なことは嫌と言っていいんだぞ」

父王とアーデルにそう言われ、レイハーネは怪訝な顔をする。

「嫌なことって？　……でも、そうね。馬車に乗るのは当分遠慮したいわ」

その答えに三人は戸惑い、顔を見合わせた。

「もうユスラーシェには行きたくない、という意味かな？」

ナジブが訊くと、アーデルが拳を握って言う。

「そりゃそうだろう！　もう二度と行かなくていい！」

「そうだ！　二国間の協定も破棄したって一向にかまわん！」

父まで怒りを露わにし、大きく頷いた。

いきり立つ二人を見て、レイハーネは首を傾げる。

「そうじゃないわ。馬車が嫌なのは、酔って気持ち悪くなるからよ。ユスラーシェはいいところだわ。岩砂漠を通らなくていいなら、すぐにでも戻りたいくらいよ。——そうだ、聞いて！　幸運の花の名前が分かったの。マリカといって、ユスラーシェの国花なんですって」

嬉しそうに笑うレイハーネに、三人は毒気を抜かれたような顔をした。

戸惑いを隠せないまま、レイハーネの顔をじっと見つめる。

「レイハーネ……その、ラティーフ王子のことなんだが」

ナジブが言いにくそうに切り出すのを、レイハーネはポカンと見上げた。

「なあに」

「お前は彼のハレムにいたんだろう？」

父とアーデルは、ゴクリと息を呑む。

レイハーネは少しだけ考えた後、ニッコリ笑って言った。

「ええ。いたわ」

アーデルが焦れたように問い詰めてくる。

「ラティーフは、その……ハレムに通ってたのか？」

レイハーネは「ううん」と首を横に振った。

「普通ハレムに入ったばかりで、すぐ寝所に呼ばれたりしないわ。兄さまたちだって知ってるでしょう。それにラティーフさまは、私の正体を知らなかったんだから——」

この言い訳が通じるかは、賭（かけ）だった。

だが通常、ハレムには多くの妻妾（さいしょう）がおり、一人や二人増えたところで気付かない主人がほとんどだ。ラティーフがハレムを空（から）にしていたことさえ知られなければ、通用するはずだった。

案の定、父とアーデルは「そうか」「それもそうだな」と言い、安心した表情を浮かべる。

「お父さまの手紙を読んでから、アブタキアの王女がハレムにいることを知って、とっても驚いてたわ」

レイハーネがダメ押しでそう言ったら、父とアーデルは可笑（おか）しそうに声を上げて笑った。

二人は彼女の話をすっかり信じたようだ。

「心配いらなかったですね」

「ああ」

そう返事をした父に、アーデルは大きく頷（うなず）いて言う。

「これで何もかも元通りです。ガジェティフからは連日、矢の催促（さいそく）でしたが、やっとまともに返事ができますよ」

そしてレイハーネに体調を訊（たず）ね、元気なことを確認してから、二人はそれぞれの仕事場へ帰っていった。

ただ一人残ったナジブは、なぜか黙ったままこちらを見つめている。

「兄さま……？　どうなさったの」

レイハーネが見上げると、彼は軽く眉根を寄せて、こう訊ねた。

「ラティーフは……どんな男だった？」

内心、不安でドキドキしながら、レイハーネは笑顔を作る。

「優しかったわ。それに、とてもハンサムだったし」

ナジブは軽く目を見開き、苦笑を浮かべた。

「そうか。それならいい」

「ところでカリマは？　先にこっちへ帰ってきてるはずなんだけど……」

レイハーネが問いかけると、ナジブは「そういえば」と呟き、首を傾げる。

「まだ報告が来てないな。……ちょっと待っててくれ。確かめてくる」

彼はそう言って、素早く部屋を出ていった。

一人になったところで、ようやくレイハーネは息を吐く。

（なんとか誤魔化せたみたい）

ラティーフに対する疑いさえ晴れれば、ユスラーシェと揉める理由は何もない。元々両国の関係は良好なのだ。

（次はダール王子との婚約破棄ね）

ラティーフとは全く関係ない理由を考え、なんとか婚約を破棄しなくてはならない。

だが生来、策略とか謀略とかが大の苦手なレイハーネは、少し考えただけで頭が痛くなってきた。

（こんな時こそカリマの出番なのに！）

てっきり、父や兄たちに自分の居場所を知らせたのはカリマだとばかり思っていた。

彼女は一体どこにいるのだろう――

段々と不安が募ってきて、レイハーネはナジブが戻ってくるのを今か今かと待った。

＊

部下から報告を受けたナジブは、カリマが軍の詰所（つめしょ）にいることを知った。彼女を見つけて保護した男は、行方不明になっているらしい。

彼はレイハーネの護衛にあたった小隊長だ。王女を見失うという失態により、直属の部下四名は厳罰を受けた後に除隊となっている。

王女を捜し出すことを条件に、小隊長は一人だけ首を繋がれたが、カリマを保護したのみでレイハーネを見つけることは叶わなかった。

彼は責任が取れなかったことで精神的に追いつめられ、逃げ出してしまったのかもしれない。

なんにせよ、軍の管理下にある者が黙って行方をくらませば、アブタキアでは絞首刑となる。

（レイハーネは無事だったのだから、逃げるほどのことではなかったのに）

多少気にはなったが、軍のほうで捜しているというので、男のことはすぐに忘れてしまった。

数日後、ナジブのもとにラティーフから手紙が届いた。

直接会って、ユスラーシェに滞在していた間のレイハーネの様子を伝えたいということと、彼自身、今のレイハーネの様子を知りたいと書かれている。

ナジブは迷った。

あちらにいた間、レイハーネがどのように過ごしていたのか、本当に何もなかったのか、知っておきたいとは思う。

だが、ラティーフは元々レイハーネに求婚していたのだ。正体を知らなかったとはいえレイハーネを身近に置いていた彼が、再び手に入れたいという願望を募らせたとしてもおかしくはない。

彼をアブタキアへ招き入れていいものかどうか——

ナジブは早速、父マージドのもとへ行き、手紙のことを伝えた。

すると意外にも、マージドはあっさり了承する。

「ラティーフ王子にはレイハーネが世話になった。その礼は言わねばならん。お前の客人として招くのであれば特に問題はないだろう。それにな——」

マージドは手元に置いてあった親書を持ち上げて、笑ってみせた。

「ちょうどガジェティフからも、ダール王子をこちらに寄越したいという連絡が来たのだ。婚約が決まってから一度もレイハーネと顔を合わせていないので、いいかげん焦れているのだろう。彼が滞在している間なら、ラティーフ王子とレイハーネを会わせても問題はない。——二人きりにさえ、させなければな」

それを聞き、ナジブの迷いは晴れた。

ラティーフの思惑がどこにあれ、婚約者のダールが滞在している間に、何かを仕掛けるのは難しいだろう。

ダールがアブタキアに滞在する日を確認し、ナジブはラティーフに了承の返事を出した。

第六章　別れ

レイハーネが無事だと分かり、事情聴取を受けていたカリマはすぐに解放された。

彼女と再会して数日後。レイハーネのもとに驚きの知らせが舞い込んでくる。

「――ダール王子とラティーフさまが来る？」

二人はそれを聞き、混乱して慌てた。

カリマは自分がユスラーシェの宮殿を去った後のことを、まだ詳しく聞いていなかった。レイハーネはレイハーネで、どうやってダールとの婚約を破棄したらいいのか、まったく考えていなかったのだ。

「カリマ！」

「姫さま！」

二人は互いに顔を見合わせると、誰にも話を聞かれないよう自室の奥――つまり寝室の中に籠もって、膝を突き合わせた。

「ラティーフさまとは、あれからどうなったんです!?」

「婚約破棄って、どうやったらできるかしら!?」

二人は同時に言い、再び顔を見合わせる。

キョトンとするレイハーネと違い、カリマはすぐに、おおよそのことを理解した。

「あー……なんとなく分かりました。向こうがわざわざ会いにくるってことは、そういうことなんですね」

「そういうことって？　ねえ、私はラティーフさまの妻になったの。だからなんとしても婚約は破棄しなくちゃいけないのよ！」

興奮して前のめりになるレイハーネをひとまず落ち着かせ、カリマは考え込む。

「周囲の様子から察するに、ラティーフさまとは何もなかったことになってるんですね？」

レイハーネは勢いよくコクコクと頷（うなず）いた。

やはりカリマは頼りになる。やっと彼女に相談できるとあって、レイハーネの気持ちは昂（たか）ぶった。

「まずはラティーフさまの疑いを晴らさなきゃと思って。だから婚約を破棄する理由も、ラティーフさまとは関係ないことじゃないといけないわよね？」

カリマは感心して目を丸くした。

「姫さまにしては的確な判断です。それでいいと思いますよ。ダール王子に何か問題があると、話は早いんですけどね」

「ダールさまに、問題？」

幼い頃に数回顔を合わせただけの相手だ。問題どころか、何も知らないに等しい。

「それは、会ってみなくちゃ分からないわ」

「顔は覚えてないんですか？　手始めに『見た目が好みじゃない』と言ってみるとか」

ぼんやり頭の中を探ってみるも、顔どころか会った記憶すら存在するかどうか怪しかった。

「――無理だわ」

「やっぱりそうですか」

カリマは予想通りとばかりに頷き、眉間にシワを寄せる。

「少し情報を集めてみましょう。『姫さまが興味を示している』と言えば、皆さん色々教えてくれますよ。それに都合良くダール王子のほうからこちらに来る訳ですし、会ってからアラ探しするのでも遅くはないと思います」

「アラ探し……」

レイハーネはムムと考え込み、神妙な顔で頷いた。

「分かったわ。やってみる。――ああ！　ラティーフさまも来るんだわ。どうしよう、顔を見たら抱きついてしまうかも」

「それは止めてください!!　全部台無しです!!」

久々にカリマの怒号が飛んだ。

レイハーネは肩をすくめて、「冗談よ」と唇を尖らせる。

数日会わないだけで、泣きたくなるほど彼が恋しかった。

いつもの怒ったようなしかめっ面も、レイハーネを見つめる時の優しい目も。

広い胸や逞しい腕も、頬を包み込む大きな手も――

思い出すと胸が苦しくなり、今すぐにでも彼のもとへ飛んでいきたくなってしまう。

(ラティーフさま……)

でも、彼のほうが会いに来てくれるというのだ。

なんとしてもあの腕の中に戻れるよう頑張らなくてはいけない、とレイハーネは思った。
＊

先にアブタキアを訪れたのは、ダールのほうだった。

父王や兄たちによれば、とても頭が良くて落ち着いた性格なのだとか。そして見た目も整っており、綺麗な顔立ちとスラリと引き締まった体躯(たいく)をしている——らしい。

(ナジブ兄さまみたいな人ってこと?)

聞く限りでは、悪い点は見つからない。

やはり会ってみてから考えることにした。

レイハーネはアブタキアの伝統衣装を身に着け、彼を出迎える準備をする。

身支度を手伝いながら、カリマは唸(うな)った。

「うーん、マズいですねぇ」

「何が?」

レイハーネが首を傾げると、鏡の中に映るカリマは複雑な表情を浮かべている。

「なんですかね、これ。ラティーフ王子のせいでしょうか?」

「は？　なんのこと？」

カリマは意味ありげにフウとため息を吐き、胸の下の巻き帯をキュッと引き絞った。

「急に身体つきが女らしくなったような気がします。色気が出てきたというか……。できればダール王子には見せたくないですね」

レイハーネも複雑な顔をして、鏡の前で全身を眺める。

（違いがよく分からないわ）

気のせいじゃないかと思ったが、謁見室に入ったレイハーネの姿を見て、父も兄たちも軽く目を見張った。

「おお。なんだか急に女らしくなったな」

手を広げて迎える父に、レイハーネは歩み寄る。

「ダールさまは？」

そう訊ねると、父は「すぐに来る」と答えつつ、寂しそうな表情を浮かべた。

「お前の幸せのためとはいえ……嫁がせるのはまだ早い気がしてきたな」

「――いえ。むしろ遅すぎるかと」

レイハーネの背後から、長兄アーデルが口を挟んだ。

嫁き遅れとまではいかないが、レイハーネはすでに十八だ。この国の結婚適齢期に充分達している。

「あーっ、分かっている！　分かってはいるんだが」

グダグダ言い始めた父に、アーデルだけでなく、その隣に立つナジブとイルハムも、生温(なまぬる)い視線を送った。

父の溺愛(できあい)ぶりが行きすぎて、このままではレイハーネがいつまで経っても結婚できない。そう思った兄たちが父を説得し、どうにか婚約までこぎつけたのだ。

「父上。まかり間違っても、ダール王子に八つ当たりなどされませんように」

心配性のアーデルが囁(ささや)くのと同時に、侍従が王子の訪れを知らせた。

謁見室(えっけんしつ)のドアが開かれ、颯爽(さっそう)とした足取りで入ってきた人を見て、レイハーネは目を見張る。

日に焼けた茶色い肌、金色に近い髪と似た色の瞳。皆が言っていたとおりの整った目鼻立ち。薄い唇は少しだけ冷たい印象を与えるが、微笑むと途端に優美で華やかな印象に変わった。

ダール王子は、王とレイハーネの前まで来ると膝をつき、黙って頭を下げる。

そんな立ち居振る舞いも洗練されており、レイハーネは感心して、ほうっと息を吐いた。

兄たちに厳しい視線を向けられた父王は、渋い表情を浮かべつつも歓迎の言葉を口にする。

「遠いところをよく来てくれた、ダール王子」

ダールはゆっくりと顔を上げ、品良く微笑みながら会釈(えしゃく)した。

「ガジェティフ国王ジャリルの息子、ダールにございます。この度は御前にお招きいただき、誠にありがとうございます」

「ああ、あまり堅苦しくせずとも良い。さあ、レイハーネ。お前も挨拶(あいさつ)を」

父に促され、レイハーネはゴクリと唾を呑む。一段高いところにいた彼女は、ダールと同じ場所まで下りてから軽く膝を曲げた。

「第三王女レイハーネにございます」

ダールが立ち上がる。背が高いせいで、綺麗な顔が一気に高いところへ移動した。

レイハーネの背は、彼の肩くらいまでしかない。普通なら圧倒されてしまうところだが、彼女は呑気にこう考えた。

（ラティーフさまのほうが大きい）

ラティーフは肩幅も胸板もがっしりしていて、見るからに逞しかった。

ダール王子もそれなりに鍛えてはいそうだが、彼よりずっと線が細い。

人を威圧するような雰囲気もなく、とても穏やかだった。

「幼い頃とお変わりない……あ、いや。綺麗になられてはいるが、愛らしさはそのままだ」

そんなことを言われ、レイハーネは目を丸くした。

（昔会った時のことを覚えてるの？）

すっかり忘れている自分とは、えらい違いだ。

ボンヤリしているレイハーネを見て焦ったのか、兄たちが次々と声をかけてきた。

「レイハーネ、返事は？」

「しっかりしろ」

「ボケッとしてんじゃねぇよ」

レイハーネはハッとして、ニッコリ笑顔を作る。

「ダールさまも想像してたよりずっと……その、えーと……」

〝綺麗〟と形容することが、果たして男性にとって褒め言葉になるのかどうか迷い、レイハーネは口ごもった。

すると、ダールが不思議そうに首を傾げる。

「ずっと……なんです？」

「あの、お気を悪くなさらないでね。綺麗な方だなあと思って」

ダールは苦笑を浮かべる。

「ありがとうございます。ですが一番美しいのはあなたですよ、レイハーネ」

スラスラ出てくる褒め言葉に、レイハーネはまたしても目を丸くした。

（口もお上手なのね）

悪い気はしないが、ラティーフに『美しい』と言われた時とは何かが違う。

まだ恋心を自覚していなかった頃も、彼に褒められると胸がドキドキして、なんだか不思議な気持ちになったのに――

ふいに父が立ち上がり、渋々（しぶしぶ）といった様子で口を挟んできた。

「どうもレイハーネは緊張しているようだ。せっかく顔を合わせたのだから、少し二人で話をするといい」

彼女がこれっぽっちも緊張していないことを、父も兄たちも分かっているはずだが、無理矢理そういうことにされた。

皆に促されるまま、レイハーネはダールと共に謁見室を出て、城の中を案内することになった。

アブタキアの宮殿は広い。

歴史的価値のある建造物や骨董品、芸術品も数多くあるのだが、残念なことに、レイハーネには
それらを細かく説明できる知識がなかった。

仕方がないので、唯一案内できる場所——敷地内で一番の広さを誇る大庭園に向かう。

歩きながらも、ダールはレイハーネに色々話しかけてきた。

簡単に答えられる質問だったり、彼女を笑わせるための軽い冗談だったり。

おかげでレイハーネも、あまり気負うことなく話をすることができた。

「レイハーネ。あなたは花がお好きだと伺いましたが」

「はい、そうなんです！　アブタキアは季節折々の花が豊かに咲きますので、ここを離れるのはと
ても寂しくて……」

レイハーネはここぞとばかりに、〝嫁ぎたくない〟アピールをしようと頑張る。

だが、彼は「心配いりませんよ」と言って微笑んだ。

「ガジェティフは砂だらけの国だとお思いかもしれませんが、宮殿は大きな河に沿った岩山の上に
あります。水が豊富ですから、変わった動物や植物も多いんですよ」

「え、ホントに？」

レイハーネは思わず前のめりになる。

「ええ。あなたが来たら、面白いところへ案内しましょう」

「面白いところ？」

「植物園です」

――植物園！

レイハーネは興奮した。

植物園など、この近隣ではなかなか見ることができない。

砂漠を抱える国というのは、どうしても水が有限になってしまうし、園を管理するには手間と資金がかかりすぎるのだ。

「すごいわ。どなたが管理してらっしゃるの？」

「私の従兄（いとこ）ですよ。これが変わり者でね。動植物が好きなあまり、そちらの研究で身を立てるまでになりました」

「どうやって？」

「薬草を品種改良して砂漠に強い種（しゅ）を作ったり。それらを調合した薬を売ったりしています」

レイハーネは思わず「すごい！」と声を上げた。

そんな人の作った植物園だなんて、考えただけでワクワクしてしまう。

だがそこで自分の目的を思い出し、レイハーネはハッとした。

（喜んでる場合じゃないわ！）

ダールは文句のつけようがない相手である。強引に難癖（なんくせ）をつけようとしても、端（はし）から材料を取り除かれてしまう。

かといって、一国の王子にむやみやたらとケチをつける訳にもいかない。

レイハーネがウンウン唸っていると、背の高い植え込みの向こう側に、自分と同じ色の頭が見えた。

（ナジブ兄さま？）

向こう側を見ようとしてその場でピョンピョン飛び跳ねたら、それに気付いたダールが「おや」と呟いた。

彼は左右を見回し、植え込みの端を見つけると、そちらへスッと歩き出す。

「ダ、ダールさま？」

レイハーネも慌てて彼の後を追いかけた。

迷路のような植え込みを器用に抜け、ダールが急に立ち止まる。全力で追いかけたレイハーネは止まりきれず、勢い余って茂みに突っ込んだ。

そこへ二人の男性が現れる。

驚きに目を丸くするナジブと、その隣で同じく目を見張っていたのは――

「ラティーフさま！」

思わずその名を呼んでしまい、レイハーネは慌てて口を噤んだ。

（今のマズかった？　でも、名前と顔くらい知っててもおかしくないわよね）

「やあ、これは……お久しぶりです。ラティーフ王子」

ダールがにこやかに微笑み、ラティーフに声をかけた。二人が知り合いだったことに、レイハーネは驚く。

「あなたもいらしてたのですね、ダール王子」

ラティーフも、落ち着いた様子で静かに答えた。

「婚約者の顔を見に来たんです。話が纏まってからも、なぜかずっと待たされておりまして」

ダールは柔らかい微笑みを湛えながらも、ラティーフをジッと見つめている。まるで彼の心の中を覗き込もうとしているかのようだった。

緊迫した空気を散らすべく、ナジブが口を開く。

「それは申し訳なかった。このとおり妹は、いい歳をして落ち着きが足りず……そのまま会わせては、ガッカリされるのではないかと思ったもので」

（いい歳って、兄さまひどいわ！）

むくれるレイハーネを見て、ダールはニコリと笑った。

「とんでもない。すぐにでも連れて帰りたいほど気に入っていますよ」

レイハーネはビクリと身体を揺らした。

（やめて——）

ラティーフの前で、そんなことを言って欲しくない。

自分が彼のもとに帰ることを諦めたなどと、誤解されたくなかった。

慌てて言葉を発しようとしたら、なぜか近づいてきたナジブに腕を掴まれる。

「ははは。いつまでそんなところにいるつもりだ、レイハーネ」

植え込みの中にいたレイハーネを、彼は自分のもとに引き寄せた。

苦笑いを浮かべているが、その目は強い光を放ち、レイハーネに無言の圧力をかけてくる。

――黙っていろ。

暗にそう言われているのが分かり、レイハーネは口を噤(つぐ)んだ。この兄は普段穏やかな分、怒らせると怖い。

ナジブは努めて冷静に言い聞かせた。

「レイハーネ。このままダール王子を案内していなさい。後でお前の部屋に行く。いいね?」

レイハーネにはその意味がよく分からなかった。

だが、おそるおそる顔を見上げると、ナジブの微笑みはひどく強張(こわば)っている。彼女は素直に従うしかなかった。

「分かりました、ナジブ兄さま」

名残惜しい気持ちでついラティーフを見たら、ナジブに背中を押された。

レイハーネは慌ててダールを振り返り、声をかける。

「すみません、ダールさま。行きましょう」

彼は先ほどと同じく優美に微笑むと、元いた場所へ戻ろうとするレイハーネに続いた。

「あなたは昔と変わらず、おてんばなようですね」

「え、そんなことは……」

ダールはふいに手を伸ばし、レイハーネの髪についた小さな木の葉を取ってみせる。

「ほら。葉っぱがついていましたよ。さっきはいきなり植え込みに突っ込むから、驚きました」

その背後では、ラティーフが二人の様子を見ながら密かに拳（こぶし）を握り、奥歯を強く噛みしめていた。

そのことにナジブが気付き、顔をしかめる。

振り返ったダールがそれをチラリと見たが、彼は微笑んだまま、何も言わずに歩いていった。

*

二人が去ってから、ナジブは再び口を開いた。

「どういうことかな」

ラティーフは詰めていた息を吐き、ナジブのほうを見る。

「どういう、とは？」

「レイハーネと君は想い合っているように見える。聞いていた話と違うね」

ラティーフは思わず息を呑んだ。

彼女は基本的に嘘がつけない。

自分を見た時の、あの嬉しそうな表情――

兄であるナジブは、それだけでピンときたのであろう。

ラティーフはハレムを出た後、父であるユスラーシェ国王から、レイハーネと何を話したのか聞いた。その後、アブタキアからは何も咎めがない。だから、レイハーネは家族に二人の関係を言わなかったのだと理解していた。

ラティーフはそれを踏まえてナジブと話をし、交渉するタイミングを見計らっていたのだ。

だが、彼には見抜かれてしまった。今さら誤魔化されてくれる相手でもない。

「もう一度……レイハーネの結婚相手を再考してもらうことはできないだろうか」

そう問いかけたら、ナジブは肩をすくめた。

「——もしも、の話だが。レイハーネが君を選ぶと強く言えば、父は簡単に折れるだろう。だが、ガジェティフとの間には大きな禍根が残る。平和な我が国はそう簡単に揺らがないが、君の国は違う。情勢が不安定な国に、レイハーネはやれないよ」

ナジブは一旦言葉を切り、ラティーフの目をジッと見つめた。

「つまり、この婚約が白紙に戻るとすれば、それはガジェティフ側がそうしたいと言ってきた場合のみだ。たとえダール王子が君たちの気持ちに気付いたとしても、彼はレイハーネと結婚するだろう」

ラティーフは眉間に深いシワを刻み、拳を血管が浮き出るほど強く握りしめた。

「もうすでに、俺が彼女に手をつけた後だとしても——？」

「ラティーフ」

ナジブの表情と声に凄みが増す。

「君はアブタキアに喧嘩を売るつもりか？　——今の言葉は聞かなかったことにする。用が済んだら、一刻も早く国へ帰ることだ」

彼はそれだけ言うとラティーフに背を向け、宮殿のほうに向かって歩き出した。

＊

あれからレイハーネはずっと上の空で、ダールの話は半分も耳に入ってこなかった。

そのダールは、しばらくアブタキアに滞在するらしい。

彼に「また夕食の席で会おう」と言われ、レイハーネはカリマの待つ自室に戻った。

やっと会えたラティーフとは、話をすることもできなかった。

頭を占めるのは、彼は今日のことをどう思っただろうとか、いざ離れてみたら自分のことなどどうでも良くなってしまったんじゃないかという不安ばかり。

（せっかく会えたのに）

このまま婚約を破棄できず、彼が国へ帰ってしまったらどうしよう。

部屋に入った途端、レイハーネは我慢できずにポロポロ涙をこぼした。

微かな泣き声を聞きつけ、部屋の奥から飛び出してきたカリマが、「どうしたんですか」と訊ねてくる。

「ラティーフさまが……せっかく会えたのに……っ」

カリマはしゃくり上げるレイハーネの背中をトントン叩いて言う。

「姫さま、落ち着いて。大丈夫ですって」

その時、壁をコンコンと叩く音がした。

「レイハーネ――」

その声に彼女はビクッと飛び上がり、おそるおそる顔を上げる。

「ナジブ兄さま……」

「少しいいかい？　悪いけど外してくれ、カリマ」

カリマは強張った表情で立ち上がり、レイハーネから手をゆっくり離して部屋を出た。

ナジブは身構える彼女の横に座り、手を取りながら言う。

「ハッキリ言うよ、レイハーネ。ラティーフのことは諦めなさい。彼はいずれ王になる男だ。彼の立場でガジェティフと揉める訳にはいかないんだよ。分かってやれ」

「兄さま……」

優しく発せられた言葉は、怒られるよりずっと残酷なものだった。

「そんな……嫌！　私はラティーフさまの妻に……っ」

必死に訴えても、ナジブの表情は変わらない。

彼は静かに首を横に振り、レイハーネに言い聞かせる。

「無理に一緒になっても、幸せにはなれないよ。ラティーフが私情で国民を戦に巻き込み、平気でいられるような男だと思うのか？」

レイハーネはグッと喉を詰まらせ、目に涙を溜めた。

（ラティーフさまは、そんな人じゃない）

「彼が好きなら、なおのこと諦めなさい。それがお互いのためだ。分かったね」

ナジブはレイハーネの肩を優しく撫でて、立ち上がった。

レイハーネは呆然としたまま俯き、声も出さずに泣き続ける。

それを悲痛な面持ちで見つめながら、ナジブは重いため息を吐いた。


夕食の時間となり、アブタキア王家の者とダールとで円卓を囲んでいた。

当然だが、ラティーフがこの場に呼ばれることはない。

半刻ほど前まで泣きじゃくっていたレイハーネは、ほとんど食べることができなかった。

泣き腫らした目は、カリマが必死に冷やしてくれたので、なんとか化粧で誤魔化せている。

少し疲れたからと告げて、早めに退出しようとしたレイハーネに、ナジブが部屋の出口まで付き添う。

「レイハーネ」

ナジブは彼女にだけ聞こえるように、小声で囁いた。

「ラティーフは明日の早朝に発つ。もし別れを告げるなら……今夜しかない」

レイハーネは目を見開き、ナジブの顔を見上げた。彼は小さく頷いてから離れていく。

（今夜が最後？）

これを逃せばもう会えない。今度こそ、本当に会えなくなるのだ。

レイハーネは部屋に戻り、カリマを近くに呼んだ。

「少しは食べられましたか?」

心配そうな顔をする彼女に、先ほどナジブから言われた言葉を伝える。

「――私、ラティーフさまのところに行きたい」

「姫さまっ」

カリマは、レイハーネが彼と駆け落ちするつもりなのではないかと心配した。

「違うわ。そうじゃなくて……」

ただお別れを言うだけだと、レイハーネは告げる。

「ナジブ兄さまも、私がそうする以外にないって知ってるから、教えてくれたのよ」

カリマは黙って考え込んだ後、レイハーネの手を取り、力強く頷いた。

「分かりました。じゃあ、私は潜入のお手伝いをします」

＊

絶対に人目につかないようにしなくてはならない。

レイハーネとラティーフが二人きりで会っていたことが、他の誰かに知られれば、今度こそお終いだ。

カリマは、ナジブがよくそれを許したものだと思う。だが、レイハーネの性格からして、ここでケジメをつけておかないと、後で思いつめて何をやらかすか分からない。

(それをナジブさまも見越していたのかも――)

二人がこっそり会おうと思えば、使用人たちの動きや宮殿内のありとあらゆる通路が頭に入っている、自分の助けが必要だ。

カリマはレイハーネを連れ、王族とその身近にいる者たちしか使用しない道を進んだ。

ラティーフが泊まっているのは、ナジブの暮らす離宮にある迎賓館。

彼がいると思われる部屋までたどり着くと、カリマは人目につかない通路脇でレイハーネを待たせ、まず自分が部屋のドアをノックした。

出てきたのはヒクマトだ。彼はカリマを見た途端、驚愕の表情を浮かべる。

カリマは彼の脇を抜け、するりと奥に入り込んだ。

部屋の中央の長椅子に座っていたラティーフが、疲れ切った表情で振り返る。

「あ……?　お前、カリマか」

「ユスラーシェにいる間は大変お世話になりました。明日の早朝にこちらを発たれると聞き、お届け物に上がりました」

「……届け物?」

カリマはニヤリと笑って頷くと、「姫さまが廊下で待ってます。お人払いを」と囁いた。

土気色だったラティーフの顔に驚きが広がり、みるみるうちに血色が良くなっていく。

彼はヒクマトに目配せし、「俺が呼ぶまで誰も部屋に入れるな」と言いつけてから、カリマを見つめた。

「明日発つことは誰から？」

「ナジブさまです」

ラティーフは一瞬顔をしかめると、自嘲気味に微笑んだ。

「最後の情けという訳か。——だが、それでも構わない」

「私は部屋に戻り、姫さまの不在を悟られないようにしますので。明け方にはお帰しください」

カリマの言葉に、ラティーフは軽く目を見張る。

いくら主人のためとはいえ、これだけ危ない橋を渡るとは——

「本当に仲がいいんだな、お前たちは」

「手間がかかる子ほど、可愛いものなのです」

ラティーフはフッと小さく笑い、頷（うなず）いた。

＊

すぐに戻ってきたカリマに促され、レイハーネはラティーフの部屋に入る。

そこには彼しかいなかった。少しだけ、やつれた顔をしている。

ラティーフは不安げに立ち尽くすレイハーネに駆け寄り、彼女を強く抱きしめた。

「会いたかった、レイラ……いや、レイハーネ」

彼が自分にだけ聞かせる低く甘い声。

途端にレイハーネの目から涙が溢れ出てきた。

「ごめんなさい、ラティーフさま。本当は来ちゃいけなかったのかもしれないけど……どうしても会いたかったの」

広い胸にしがみつくと、彼もレイハーネを抱く腕の力を強めた。

長椅子に座っても二人は互いの身体を離さず、ピタリと寄り添う。

それでもまだ足りない気がして、レイハーネは彼にしがみつく手にギュッと力を込めた。

ラティーフはなだめるように、彼女の背中を優しく撫でる。

話したいことも伝えたい気持ちも、たくさんある。それらが胸に溢れて苦しいくらいなのに、言葉にできない。

でも体温を分け合っていたら、彼が自分を想う気持ちだけはハッキリ伝わってきた。

レイハーネはいつまでもずっと、こうして縋（すが）っていたいと思う。

だがしばらくすると、ラティーフは彼女の肩を掴み、顔を上げさせた。

彼の藍色（あいいろ）の瞳にはレイハーネの泣きそうな顔が映る。

「お前が王女だと気付いた時は、本当に驚いた。貴族の娘だろうとは思っていたが、まさか王女だったとはな」

「ごめんなさい。ずっと黙っていて」

申し訳なくて俯（うつむ）いたら、ラティーフに頭を撫でられた。

「いいんだ。俺のためだと言っていた理由も、よく分かったから」

「でもっ……」

「もう謝るな。謝るべきなのは……俺のほうだ」

「え？」

彼は眉根を寄せ、ひどく辛そうな顔で言った。

「約束を守れそうにない。お前を他の誰にも渡さないと誓ったのに」

レイハーネの胸に、引き絞られるような痛みが走った。

（やっぱり）

あの時、ナジブに言われた言葉を思い出す。

『ラティーフが私情で国民を戦に巻き込み、平気でいられるような男だと思うのか？』

彼は、そんな人じゃない。

強くて頼もしく、誰よりも優しい人。

だからこそ好きなのだとレイハーネは思う。

「ナジブ兄さまに言われたの。好きなら、なおのこと諦めろって。それがラティーフさまのためだって」

ラティーフが息を呑むのが分かった。

彼もナジブも、間違いなく自分を愛してくれている。その二人が色々考え、それでもやはり無理だと言う。ならばもう、自分にできることはない。

「――諦めます。ラティーフさまを愛してるから。ユスラーシェのことも大好きだから」

堪えていた涙が零れたが、レイハーネはそれを拭いもせず、彼の目を見つめた。

「大好き。ラティーフさま」

「レイハーネ……！」

たまらず腕を伸ばしたラティーフに、再び強く抱きしめられる。

頬に触れる肌のぬくもり。

分厚く硬い胸板と、逞しい腕。

彼の腕の中にいるといつもドキドキして、同時に大きな安心感を覚えた。

「ラティーフさま……ラティーフ、さま」

泣きながら、何度も彼の名を呼ぶ。

（もう会えない――）

夜が明けたら、ラティーフは国へ帰ってしまう。

自分は近いうちにガジェティフへ嫁ぎ、もう二度とユスラーシェの地に足を踏み入れることはないだろう。

「ラティーフさま……」

ふいに彼の手が、レイハーネの頬に触れた。

促されるまま顔を上げると、ラティーフの熱い唇が落ちてくる。

一度触れ合ったら、もう互いに止めることはできなくなった。

ラティーフは何度も何度も唇を重ね、深い口づけを繰り返す。レイハーネも両腕を彼の首に回し、二人の隙間を埋めるように身体を寄せた。

腰帯の結び目を解かれ、そのまま長椅子の上に押し倒される。

覆い被さってきた彼に口づけられながら、大きな手で胸の膨らみを包まれた。

触れる指先は強引なのに優しく、敏感な胸の先はあっという間に硬く凝る。

「あぁっ……、ん」

徐々に衣服を脱がされ、明るい灯の下に肌が晒されていく。

だが今は恥ずかしさよりも、彼とどこまでも深く繋がってしまいたいという欲求が、レイハーネの頭の中を支配していた。

「ラティ、フさまっ……んっ、早く……っ」

彼女の求める声に、ラティーフは苦しげな表情で答える。

「レイハーネ。お前を最後まで抱くことはできない」

(え?)

レイハーネは目を見開き、彼に問いかけた。

「なぜ？　だって――」

あの晩、自分はラティーフに最後まで抱かれた。それこそ一晩中、放さずにいてくれたのに。

彼は静かに首を横に振る。

「きっとこれきり、会うことは叶わない。もしここでお前が子を孕んでも、俺に守る術はないんだ。

今さらかもしれないが、可能性は少しでも低いほうがいい」

「じゃあ、もう……」

ラティーフは頷(うなず)く。

途端に胸の奥が切なく軋(きし)み、レイハーネは涙をポロポロ零(こぼ)した。

せめて最後に、ラティーフの熱に触れたかった。

いっそ、そのまま焼き尽くされてしまっても良かったのに——

「最後まではしない。だが、深く触れ合うことはできる」

「ラティーフさま」

彼は再びレイハーネの唇を塞(ふさ)ぐと、耳元で吐息まじりに囁(ささや)いた。

「本当は触れることも良くないと分かっている。今すぐにでも部屋に帰すべきだと。だからこれは俺のワガママだ。お前に浅ましい情欲を押しつけているだけの——」


レイハーネは寝台に運ばれ、全身の肌をラティーフの目の前に晒(さら)した。

彼は息を乱しながら、彼女の肌の隅々にまで口づけを落とし、愛(いと)おしそうに撫でる。

レイハーネも同じように彼の肌に触れた。

指先や手のひらに感じる、肌の感触や温もり。

肩や腕、太い首に厚い胸板の形を、何度も見て触れて覚える。

いつまでもずっと、忘れずにいられるように——

ラティーフは自分の胸元に伸ばされたレイハーネの手を取り、その指先に口づけた。

目が合って微笑み合うと、二人は互いを抱き寄せ、また唇を重ねる。

ラティーフは舌を擦り合わせ、絡ませながら強く吸った。レイハーネも同じようにすると、より激しく口内を貪られる。

「んっ……んん」

胸の痛みと同時に湧き上がる、深い愉悦。

短い吐息と、合間に漏れる甘い喘ぎが、互いを煽り続ける。

どんなに触れ合っても、近くに寄り添っても、全然足りなかった。

足の間に入り込んだ彼の手が、蜜に濡れた柔襞をなぞっても。柔粒を優しく擦られ、強い快感に身を捩っても――身体の奥深くが切なく疼いて、ラティーフを求め続ける。

彼の首に回した腕に力を込め、レイハーネは囁いた。

「もっと、ラティーフさま……っ」

彼の目を見やり、そこに渇望と苦しさが滲むのを感じ取る。

ラティーフは深い口づけを何度も繰り返しながら、レイハーネの中にまで指を伸ばした。途端にぎゅうと締めつけた内襞を、彼は緩やかに愛撫してレイハーネを啼かせる。

「あっ……ん、ああっ……！」

一際高い声を上げた彼女に、ラティーフは心配そうに訊ねた。

「痛くないか？」

「んっ、……痛く、ない」

そう言って頷くのを見て、彼は優しく微笑む。

レイハーネは胸がいっぱいになるほどの愛おしさを感じ、それと同時により深くなる欲望と強い快感を自覚した。

ラティーフは指で内側をゆっくりと掻き回し、襞を擦りながら、顔を近づけて柔粒を舐める。

「あぁあぁっ……！」

「もっと感じてくれ、レイハーネ。今だけは……お前は俺のものだ」

「んっ、ああ……っ」

甘い声を上げながら、レイハーネは首を横に振る。

「あっ……ずっと……、私はずっと、ラティーフさまのものですっ」

「レイハーネ……！」

そのまま夜遅くまで、二人は互いに愛を伝え合う。

ラティーフは言葉通り、彼女を最後まで抱くことはしなかった。

だがレイハーネは気が遠くなるほどの甘い愉悦と彼の熱、そして胸を締めつける切なさに、一晩中溺れて泣いた。

もう部屋に戻らなくてはいけない時間になり、レイハーネは身支度をして出口に向かう。

そこまで追いかけてきたラティーフは足を止め、彼女の頬を撫でて言った。

「俺は、誰とも結婚しない」

レイハーネは驚き、目を見開いて顔を上げる。

「え？」

「俺が求婚した時、お前にした約束を覚えているか？　『お前一人だけを大事にする。他の女をハレムに入れたりはしない』と言ったはずだ」

——もちろん覚えている。

レイハーネは動揺しながら口を開いた。

「それは……」

「せめて、その約束だけは守りたい。俺の妻はあの時からずっと、お前一人だけだ」

正直に言って嬉しかった。それはもう飛び上がりたくなるほどに。

でも——

「ラティーフさまは、王になるのに」

「俺の後は、弟かその子どもたちが継ぐだろう。ユスラーシェでは後継ぎが長子である必要はないんだ。王族の中で一番有能な者が選ばれる」

「でもっ……！」

「俺がお前にしてやれることは、もうそれしかない。傍（そば）にさえいられるなら、なんでもしてやるのに」

（ラティーフさま）

もうどれくらい流したか分からない涙をまた零して、レイハーネは彼に抱きついた。

ラティーフもそっと彼女を抱きしめ、背中を優しく撫でる。

「もう時間だ。レイハーネ」

そう促されて扉を開けると、ここへ来る時レイハーネが隠れていた通路脇に、カリマが立っていた。

繋いでいた手を離し、ラティーフは微笑む。

彼に背中を押されて歩き出してからも、レイハーネは何度も後ろを振り返った。

カリマの手を取り、最後にもう一度振り返ったら、扉はもう閉められていた。

(ラティーフさま——!)

声を殺して泣くレイハーネの手を、カリマがギュッと握りしめる。

そして来た道を戻ろうと再び歩き出し、角を曲がった時——

二人の背後から、背すじをゾクリとさせるような冷たい声が響いた。

第七章　嵐の訪れ

「いけませんねぇ、レイハーネ」

その声は、レイハーネたち以外誰もいないはずの回廊に、冴え冴えと響き渡った。

（まさか――彼がこんなところにいる訳がない）

そう思うのに、レイハーネは大きく震え上がる。

振り返れば、その人は優美な微笑みを浮かべてそこに立ち、こちらをまっすぐ見据えていた。

「ダール、さま……」

なぜここに――？

そう問いかけたかったが、全身が凍りつき、舌も上手く回らない。

横に立つカリマも真っ青な顔をしていた。

（いつから見てたの？）

ダールはゆっくりと近づいてくる。

あと三歩ほどの距離で、彼は立ち止まった。

目を合わせられず俯くレイハーネの視界に、彼のつま先が入る。

「一つ、教えて差し上げましょう。婚約が決まってからも、私はあなたに会うことをなかなか許されず、焦れったく思っていました。その間、あなたに何があったのかを、私に教えてくれた人がいます」

（え――？）

俯いていたレイハーネとカリマは同時に顔を上げる。

ダールは一見、昼間と同じ優しげな表情で笑っていた。

――ゾクリ、とレイハーネの背すじに再び震えが走る。

「軍を勝手に抜けた者には、どこの国でも厳罰が課せられます。アブタキアでは絞首刑だそうですね。つい最近、大きな失態を犯し罰を恐れた男が、私の国に流れてきました。聞けば護衛をしていた王女を、国境近くの町で見失ったとか」

レイハーネは目を丸くし、カリマはハッと息を呑んだ。

――あの護衛の男！

彼はカリマを牢に入れ、そのまま行方不明になったと聞いている。

「なぜ、ガジェティフに？」

レイハーネの呟きに、ダールは丁寧に答えた。

「脱走兵というのは、どこへ行こうと嫌われます。たとえ外国へ逃げても軍に入るのは難しいでしょう。ですが例外もあります。例えば、何かとても有益な情報を持っている、とかね」

つまり男はガジェティフで生き延びるために、レイハーネの情報を売ったのだ。

彼女は眉根を寄せ、身を縮こまらせながら、ダールの薄気味悪い笑顔を見つめた。

「じゃあダールさまは、最初から……？」

訊かれた彼は、なぜか愉しげに笑みを深くする。

「あなたがラティーフ王子のハレムにいたことは、ここへ来る直前に知りました。ですが、アブタキア王はそれを問題にしていない。つまり、〝何もなかった〟ことになっている」

カリマがレイハーネの腕を掴み、自分のほうに引き寄せた。

レイハーネも自らカリマに身を寄せる。

抱き合い、警戒心を露わにする二人の様子を眺めながら、ダールはクスクスと笑った。

「――何もなかった？　まさか、そんなはずはない。そう確信したのは今日の昼間、庭でラティーフ王子の顔を見た時です。今思い出しても可笑しくなる。独占欲丸出しでね」

ダールは忍び笑いを漏らしながら、レイハーネの顔を覗き込んだ。

その目は暗く、何も映していないように見える。レイハーネは恐怖に後ずさりした。

「そしてたった今、私はあなたの不貞の証拠を押さえました。さあ、どうしたらいいと思います？」

「え……？」

レイハーネは現在の状況をようやく理解し、不安が一気に膨らむのを感じた。

ラティーフは今、婚約中の王女との関係を疑われている。にもかかわらず、真夜中に二人で会っていた。何をしていたかではなく、二人きりで過ごしたことがすでに問題なのだ。

もし父王たちに知られれば、彼は不貞の罪に問われるだけでなく、盗賊を装いレイハーネを誘拐した嫌疑までかけられてしまうだろう。

それはアブタキアとガジェティフが揃ってユスラーシェを攻撃する、正当な事由になりうる。

(どうしよう……ラティーフさまが)

やはり、会いに来てはいけなかったのだ。

レイハーネは唇をギュッと噛みしめ、青ざめて震え出した。

ダールはそれを愉しげに眺めた後、何かに気付き、レイハーネの背後に目をやる。

「ほら、王女さま。不貞の相手がやってきましたよ」

レイハーネが慌てて振り返ると、先ほど曲がった角からラティーフが現れた。彼は覆面の男に剣を突きつけられている。

「ラティーフさまっ」

「レイハーネ!」

鋭い剣の切っ先が、彼の首元に向けられていた。

覆面の男は顔を隠しているにもかかわらず、どこか嬉しそうな様子が伝わってくる。

(あれは誰? 脱走した護衛の人……?)

ダールは口元に微笑みを湛えながら言う。

「あいつにあなたのことを見張らせていたのです。しかし、こうも見事に釣れるとはね」

その言葉を受け、覆面の男は品のない笑い声を漏らした。

「お盛んだったなぁ、姫さん。長いこと待たされて、すっかりくたびれちまったよ」

王女であるレイハーネは、これまでこんな侮蔑の言葉をぶつけられたことはなかった。

でも今は、自分がどれだけ揶揄されようが、どうでもいい。

ラティーフをどうしたら助けられるのか。何か手立てはないのか――そればかりが頭を巡る。

「たとえ不貞を犯した姫さんでも、ガジェティフとしては大歓迎だぜ。ただし、あの条件は無しにさせてもらうけどな」

「……条件？」

レイハーネが首を傾げると、彼は覆面の下で下卑た笑いを浮かべた。

「ダールのハレムには、女たちを山ほど詰め込むってことさ。姫さんは……そうだな。なんなら俺が相手をしてやってもいいぜ」

それを聞いたカリマが怒りの形相で男を怒鳴りつけた。

「そんなこと、国王さまがお許しにならないわよっ！」

ダールもイラッとした表情を見せ、声を低くして凄む。

「少し黙っててくれ、シャヒード。お前がしゃべると話がややこしくなる」

彼はレイハーネに向き直り、苦笑を浮かべた。

「――ご心配なく。妻はあなた一人です。それが結婚の条件ですからね。でも、だからこそ不貞は許しません。ラティーフ王子には、今この場で死んでもらいましょう」

レイハーネの全身から血の気が引き、背中に冷たい汗が流れた。

「そんなの嫌っ、やめて！」

大声で叫び、ラティーフのほうに目を向ける。ラティーフは覆面の男――シャヒードの隙を突き、後ろに下がって距離を取った。

そして隠し持っていた短剣を素早く構え、シャヒードと向かい合う。

ふいを突かれたシャヒードも、気を取り直して再び剣を構えた。

「戦場以外で王子を殺せる機会はそうそうないからな。てめぇの間抜けな失敗に感謝するぜ」

「――失敗など、した覚えはない」

ラティーフは素早く間合いを詰めると、短剣を相手の利き腕にまっすぐ突き刺した。

シャヒードは呻き声を上げて後ろに飛びのき、床に尻をつく。

ラティーフはその場で低く構えたまま、彼が立ち上がるのを待った。

「くそっ、ラティーフ……この俺に二度も傷をつけやがったな」

「実力の差だ、シャヒード。短剣しかなくとも、俺がお前に負けることはない」

その言葉通り、二人の実力には明らかな差が見られた。

微かな希望を感じ、レイハーネが両手をギュッと握りしめると、ふいに横から手が伸びてきた。

隙を突かれ、ダールに身体を拘束される。

「いっ、嫌っ……放して！」

「おとなしくしてください。あなたの美しい顔に、傷をつけたくはありませんからね」

ダールがレイハーネの首元に、鋭いナイフを近づける。

それを見て、ラティーフとカリマは同時に叫んだ。

「レイハーネ!!」

「姫さまっ!!」

その一瞬の隙に、シャヒードがラティーフに向かって足を踏み出し、剣を振り下ろす。

ラティーフはすぐに気付いて身を翻したが、一歩遅かった。

利き腕を傷めたシャヒードの剣先はブレていたにもかかわらず、ラティーフの右腕を深く切り裂く。みるみるうちに大量の血が袖を濡らし、それを目にしたレイハーネは泣き叫んだ。

「ラティーフさまっ……いやぁーーーっ!」

駆け寄ろうとして暴れたが、レイハーネを拘束するダールの腕は緩まない。

ラティーフは流れる血をそのままに、短剣を握る右手に左手を添え、構えを取り直した。

それを見たダールが声を張り上げる。

「ラティーフ！　それ以上抵抗すれば、愛しい女の耳を一つ削いでやる。さらに抵抗するなら、口を利けなくしてやってもいいぞ」

ダールの言葉には、今すぐそれを実行してもおかしくないほどの真実味があり、レイハーネは恐怖に震えた。

ラティーフは苦しげに眉根を寄せ、短剣をゆっくりと下ろす。

それを見て興奮したシャヒードが、雄叫びを上げた。

「ざまぁないな、ラティーフ！　待ってたぜ、この時を……。ようやくこの傷の礼が返せる」

そう言ってシャヒードは、頭と顔を覆っていた布の結び目を解く。

露わになった彼の顔には、大きく目立つ刀傷が斜めに走っていた。

歪んだ笑みを浮かべるシャヒードの顔を見て、レイハーネとカリマは同時に「ああーーっ！」と叫ぶ。

「あんた、盗賊の男！」

「あなたが私とカリマを間違えるから、大変な目に遭ったのよ！」

カリマが振り返り、すかさず「そうじゃないでしょ、姫さま！」とツッコんだ。

「そもそも誘拐を企てたのはガジェティフだってことですよ！　――裏切り者は、あんたたちのほうだわ!!」

それを聞いてシャヒードは忌々しげな表情をする。

一方、ダールとラティーフは驚きに目を丸くしていた。

「お前が盗賊……？　なんの話だ、シャヒード」

ダールが呆然としながら問い詰めると、シャヒードは不貞腐れた顔で渋々答える。

「……結婚なんて回りくどいことしなくても、王女を攫ってユスラーシェの仕業に見せかければ、アブタキアが国ごとこいつをブッ潰してくれると思ったんだよ」

それを聞き、ダールはその綺麗な顔を大きく歪めた。

「なんて馬鹿なことをっ……！」

レイハーネもカリマも驚き、彼とシャヒードの顔を交互に見つめた。

（一体、どういうこと？）

混乱を極めたレイハーネの頭は、いつも以上に働かない。

だが、ダールの腕の力が緩(ゆる)むのを感じると、すかさずそこから抜け出した。

「ラティーフさまっ！」

なりふり構わず、血まみれの彼に駆け寄る。それを慌てて抱き留めたラティーフは、はずみで持っていた短剣を落としてしまった。

床を転がった剣は、不運にもシャヒードの足元で止まる。彼はそれを踏みつけると、自分の背後に大きく蹴り飛ばした。

シャヒードはククと笑い、ダールに向かって得意げな顔をする。

「いいじゃねぇか、兄貴。このままこいつら全員殺して、全部ラティーフのせいにしちまえばいいんだ」

シャヒードが再び頭上に剣を振りかざした。

レイハーネは息を呑み、咄嗟(とっさ)にラティーフの前に出ようとする。

だが彼は強い力でレイハーネを抱きしめると、彼女を庇(かば)いシャヒードに背を向けた。

「いや、ダメっ……、ラティーフさま！」

「レイハーネ……！」

シャヒードは高笑いしながら、足を大きく踏み出す。

「——まとめて死ねっ！」

「キャーーッ!!」

カリマの叫び声が響いた。

キラリと光る長剣がラティーフに向かって振り下ろされるのを、レイハーネは呆然と見つめる。

まるで時が止まったかのように、一瞬音が聞こえなくなり、何もかもがハッキリと目に映った。

シャヒードの狂気に染まった表情や、血がついた鋭利な刃がまっすぐ下りてくる様が。

――その時。

何かが風を切って飛ぶ音がヒュッと響いた。

直後、まっすぐ振り下ろされたはずの剣が斜めになり、「ぐあっ！」という低い呻き声が上がる。

見れば、シャヒードの手首にはナイフが刺さっていた。彼が持っていた長剣は大きな音を立てて床に転がり落ちる。

（え……？）

固まって動けないレイハーネを抱えたまま、ラティーフは素早く振り返る。

そしてシャヒードの落とした剣を拾い、レイハーネを後ろに追いやるように背中で押した。

ラティーフは彼女を背後に庇った状態で、再び剣を構える。

だがシャヒードは驚きと怒りの表情を浮かべながら、こちらではなくダールのほうを見つめていた。ナイフが刺さった手首を、反対側の手で押さえている。

「なんでだよ、兄貴……っ」

問われたダールは、美しい顔をひどく歪め、ひやりと底冷えするような怒りを滲ませていた。

「お前の愚かさには、心底愛想が尽きた。我が弟とはとても思えん。――いや、もう弟などではない」

「は……？　な、何言ってんのか分からねぇよ」

動揺して首を傾げつつも、シャヒードはジリジリと後退していく。

彼が恐怖を感じていることは明らかだった。

ダールは怯(おび)えるシャヒードをジッと睨(にら)みつけながら、片手をスッとこちらに向ける。

「ラティーフ。――その剣を私に」

レイハーネはラティーフの背後でビクッと身体を震わせた。

直後、離れたところからカリマが叫ぶ。

「ダメですっ、ラティーフ王子！」

だがラティーフは剣をダールの足元に向けて放ると、それを彼が拾う間にレイハーネを抱え、シャヒードからさらに距離を取った。

ダールが長剣を構える。その視線の先にいるのはシャヒードだ。

ふいにラティーフが声を上げる。

「カリマ！　下がって目と耳を塞(ふさ)いでろっ」

そして彼はレイハーネの耳を両手で塞ぎ、ダールたちの姿が見えないようにした。

（ラティーフさま……？）

愛(いと)しい人の顔を、レイハーネは不安げに見上げる。

ラティーフは微笑み、「大丈夫だ」と優しく囁(ささや)いた。

直後、塞がれた耳に、シャヒードの上げた恐怖の叫びがうっすらと届いた。

これから何が起きるのかを無意識に感じ取り、レイハーネは目をギュッとつむった。あまりの恐ろしさから、ラティーフの胸に額を押しつける。

何かがぶつかるような鈍い音と唸り声。

──そして、すぐに静寂が訪れた。

レイハーネの耳を塞いでいたラティーフの手が離れる。

だが彼はレイハーネの顔を自分の胸に押しつけたまま、ダールに視線を向けた。

彼もこちらを振り返り、ラティーフを見つめて口を開く。

「──ラティーフ、頼みがある。こいつが王女を誘拐しようとしたことは……ここだけの話にしてくれないか」

ラティーフはダールをジッと見つめ返し、軽く頷いた。

「いいだろう。争い事の種は少ないほうがいい。アブタキアだけでなく、我が国との間にもな」

これまで行われてきた二国間の争いは、侵略しようとするガジェティフと、それを防ごうとするユスラーシェとの攻防戦だった。

ラティーフは侵略をやめることを口止めの条件にし、さらにもう一つダールに要求する。

「レイハーネとの婚約を、そちらから破棄してくれ」

するとダールはいつもの冷静さを取り戻し、自嘲気味に笑った。

「アブタキアへ招かれておきながら、兄弟間で揉め事を起こし、王女と客人を巻き込んだ。──婚約を解消するには充分な理由だ」

それを聞いて、何か言いたそうにしていたカリマも口を噤(つぐ)んだ。

そこへ、まるで取引が成立したのを見計らったかのようなタイミングで、ナジブとその護衛たちが現れる。

ナジブはその場の惨状と、血のついた長剣を握るダールを見て、顔をしかめた。

「一体何があったのか、説明してもらおうか」

ダールは静かに頷(うなず)く。そして自分を取り囲む護衛たちに、おとなしくその剣を差し出した。

ナジブは護衛たちに指示を出してから、ラティーフとその腕の中にいるレイハーネにゆっくり近づいてくる。

「ラティーフ。ひどい傷だ。早く手当を」

その言葉にレイハーネはハッとして、自分を抱きしめる彼の腕を見た。切り裂かれた肉から血が絶え間なく溢れ出るのを見て、目の前が暗くなる。

「あっ、おい！」

「レイハーネ！」

気を失い、膝から崩れ落ちる彼女を、ラティーフとナジブは二人で支えた。

「まずはその傷をどうにかしろ、ラティーフ。レイハーネまで血まみれだ！」

ナジブに叱られ、ラティーフは慌てて自分の腕を押さえる。

「すまない」

「カリマ！　君は大丈夫か？」

ナジブの視線の先には、腰を抜かして床にへたり込むカリマの姿があった。

彼女は気丈にも一人で立ち上がり、しきりに頷く。

「なっ、なんともありません！　手当は私が――」

ナジブはため息を吐くと、「それはいいからレイハーネの付き添いを頼む」と言い、護衛たちにラティーフの傷の手当を指示した。

そして気を失ったレイハーネを抱き上げ、ラティーフに「後で話を聞く」と言い残し、カリマを連れて歩き出した。


レイハーネが気を失っている間に、彼女は全身についた血を綺麗に洗い落とされ、まるで何事もなかったかのように自室に寝かされていた。

目が覚めた時には、すでに日は高く昇りきっていた。

レイハーネが頭を持ち上げると、カリマがすぐ駆け寄ってくる。

「ラティーフさまは？　まさか国へ帰ったとか……」

開口一番に訊ねると、カリマは彼女の顔色を確認してホッとしつつ、笑顔で頷いた。

「大丈夫、まだいらっしゃいます。着替えたら、国王さまのところへ参りましょう」

カリマと共に謁見室へ入ると、そこには父と兄たち、そして跪くラティーフの姿があった。

周囲を見回しても、ダールの姿はない。

「ラティーフさまっ」

レイハーネは彼に駆け寄り、隣に両膝をついて座った。

ラティーフは目を見開き、父や兄たちもギョッとする。

「お怪我は……？　あんなに血が出て、大丈夫だったのですか」

おそるおそる顔を窺うと、彼は苦笑を浮かべて頷いた。

「これくらい、大したことはありません」

その他人行儀な言葉づかいに、レイハーネはハッとする。そして慌てて立ち上がり、一歩後ろに下がった。

「ごめんなさい、不躾なことを……」

すると、ラティーフは可笑しそうにフッと笑い、兄たちは苦笑した。

唯一父だけが、不機嫌そうに眉間のシワを深くする。

「……彼が恐くないのか、レイハーネ」

「へ？」

思わぬことを訊かれ、レイハーネは首を傾げた。

「なぜ？　ラティーフさまはとっても優しい方なのに。みんな恐いって言うけど、そんなこと全然ないわ！　顔だって、お父さまのほうがよっぽど恐いわよ」

ラティーフはあっけに取られた顔でレイハーネを見上げ、父は「むぐぐ」と言いながら自分の頬を撫でる。

兄たちは全員噴き出し、笑いを堪えて肩を震わせた。

長兄アーデルがどうにか平静を装い、父に向かって言う。

「これで、もう何も問題ないですね」

「む……うむ」

父は顔をしかめながら、レイハーネとラティーフを交互に見つめる。そしてふうっと息を吐き、渋々といった様子で頷いた。

「ダール王子は今回の騒動について謝罪し、婚約を解消したいと言ってきた。ナジブが言うには、ラティーフ王子が騒ぎに巻き込まれたお前を庇い、怪我をしたとか。そこで何か礼をしたいと思ったのだが……」

父はそこまで言って、ムスッと黙り込む。その後をアーデルが続けた。

「ラティーフ王子は、お前を妻にしたいそうだ。父上はお前が彼を怖がるんじゃないかと心配していたが……さて、どうする？」

皆の視線がレイハーネに集まる。

彼女が振り返ると、ラティーフは跪いたまま微笑み、怪我をしていないほうの手を伸ばしてきた。

「どうか、私と結婚して欲しい。レイハーネ王女」

——自分は夢を見ているのではないか。

レイハーネはふいに、そう思った。

（こんなことってあるの？　こんな、夢みたいな話が——）

昨夜まで、不安と悲しみでいっぱいだった。

もう二度と彼に会えないのを覚悟して、悲しくて寂しくて——

なのに一夜明けたら、愛しい人は目の前で自分に手を差し伸べている。

「おーい、レイハーネ」

固まって動かない彼女を見て、三男のイルハムが声をかけてきた。

「お前はどうしたいんだ？」

アーデルもそう訊ねる。

ナジブとラティーフは、レイハーネが口を開くのをただ黙って待っていた。

父がここぞとばかりに身を乗り出して言う。

「嫌なら、まだ結婚しなくてもいいんだぞ！」

レイハーネはハッとし、首をブンブン横に振って叫んだ。

「嫌じゃない！　私、絶対ラティーフさまと結婚するっ！」

そうして足を踏み出し、彼が伸ばしていた手を握る。

ラティーフもホッとしたように笑って立ち上がり、彼女の身体を抱きしめた。

（夢みたい……）

しがみついたまままいつまでも離れないレイハーネを見て、兄たちは呆れ返り、父は不機嫌を通り越して泣きそうな顔をしていた。

最終章　旅立ち

滞在予定を三日ほど延ばしたラティーフは、その間ずっとレイハーネに纏わりつかれていた。

彼は離宮の迎賓館から宮殿の客間に移動したので、レイハーネは朝起きるとすぐにその部屋へ行き、朝食を共にしている。

昼間は〝案内〟と称して庭園の中を一緒に歩き回っていた。

夜になれば、家族と共に二人並んで夕食を取る。

ラティーフは戸惑いを隠せずにいたが、兄たちは内心ホッとしていた。妹に退屈だからと仕事を邪魔される心配がないし、何よりレイハーネ自身が楽しそうにしている。

今日もナジブは執務室の窓から庭を覗き、ラティーフとレイハーネが並んで歩いているのを見て微笑んだ。世話は焼けるが、可愛い妹が好きな相手に嫁ぐことができるなら、それ以上望むことはない。

隣国であるガジェティフとユスラーシェが争いを繰り返しているのを、アブタキアはずっと懸念してきた。交易相手国の情勢が不安定だと、こちらにも不都合が多いからだ。

もしレイハーネが予定通りガジェティフに嫁いでいたら、二国の争いにアブタキアが介入し、ガジェティフがユスラーシェを支配する形で決着がつけられていただろう。

今回の一件で、戦も起きず禍根も残さず全てが丸く収まったのは、ラティーフの器によるところが大きい。あの場で起こったことの詳細をカリマから聞き、ナジブは感心した。

やりようによってはガジェティフの非を責め立て、こちらを味方につけてレイハーネもガジェティフの領土も両方手に入れることが可能だったかもしれない。ダールなら間違いなくそうしただろう。

だが、ラティーフはしなかった。ダールの申し入れを受け、平和的な解決を望んだ。少なくともダールとラティーフが王となり、彼らの治世下にある間は、二国が大きな争いを起こすことはないはずだ。

(しかし……あれは可笑しかった)

ナジブは先日のレイハーネのセリフを思い出し、ククク と笑う。

『顔だって、お父さまのほうがよっぽど怖いわよ』

あれから父王は鏡を見るたび自分の頬を撫で、作り笑顔をしてみては、納得がいかないとばかりに首を傾げているという。

ナジブは部屋に入ってきた侍従に「何か良いことでもありましたか」と問われるまで、肩を震わせ、笑い続けた。

＊

レイハーネはラティーフとの結婚が決まってから、ずっと機嫌良く過ごしてきた。だが、今日になって急に肩を落とし、何度も物憂げなため息を吐いている。

彼が明日、ユスラーシェに帰ってしまうからだ。

婚約の知らせは一足先に国へ届けているが、戻って準備しなければならないことがたくさんあるのだという。

「一緒に帰りたい……」

長椅子の背に顎を乗せ、ため息まじりに呟くレイハーネを、カリマが鼻で笑った。

「もう会えない訳じゃあるまいし。あちらに行けば毎日一緒ですよ」

「そうだけど！　でも明日から、しばらく会えなくなっちゃうもの」

カリマはこれ見よがしに大きく息を吐き、腰に手を当てて仁王立ちする。

「姫さま。寂しさを感じるヒマなんて、これっぽっちもありませんよ！　あちらに運ぶ荷物だけで、どれだけあると思ってるんですか。王族同士の結婚なんですから、それなりの準備が必要です。全ての持ち物を要る物と要らない物に分けて、衣装も着るものと着ないものに……」

長くなりそうだったので、レイハーネは話の途中で目をつむり、今一番重要な考え事に集中することにした。

それはもちろん、ラティーフのことだ。

ここ二日間、彼とは朝から夕食の時間までずっと一緒にいた。だが、今日は帰国の準備と片付けがあるというので、食事の時以外は別々に過ごすことになっている。

（本当は、夜も一緒に眠りたい）

まだ婚約したばかりだし、ユスラーシェで自分とラティーフがどんな関係だったかを、家族は知らない。さすがに夜まで一緒にいる訳にはいかず、そのことが少し不満だった。

ラティーフは明日、ユスラーシェに帰ってしまう。

せめて今夜だけでも——

どうやったら、家族にバレずに会えるだろうか。

レイハーネは無い知恵を絞り、懸命に考える。

ウンウン唸っていたら、いつの間にかカリマが近寄ってきて、彼女をジーッと見つめていた。

「姫さま……また何かおかしなこと考えてませんか」

「な、なんのこと？」

「まさか、夜中にラティーフさまの寝室に潜り込もうとか、思ってませんよね？」

「なんで分かったの!?」

カリマは「やっぱりね」と呟くと、口の端を上げてフンと勝ち誇った顔をした。

「残念ですが、今ラティーフさまがいる部屋に、人目につかないように行くのは無理です」

「えっ」

その言葉を聞き、レイハーネは絶望的な気持ちになった。

（会うのは無理なの？）

思わず泣きそうな顔をしたら、カリマは肩を落とし、「仕方ないなぁ」と呟く。

「変装しましょう、姫さま。侍女服を着て髪を隠せば、なんとかなります。もしバレても、ここの人間ならいくらでも口止めできますしね」

レイハーネは目を見開き、満面の笑みを浮かべて飛び上がった。

「ありがとう、カリマ～～！」

＊

その日の夜、ラティーフは客間で一人考え事をしていた。

そろそろ夕食の時間だ。もうすぐレイハーネがここまで迎えにくるだろう。

明日、自分はこの国を離れる。

共に来たヒクマトは一足先に国へ帰り、今は数人の護衛兼侍従が残っているのみだった。

アブタキアへ来たのは数年ぶりだが、宮殿の様子は当時とほとんど変わっていない。

あの時は、幼くしてすでに〝稀代の美姫〟の呼び声が高かったレイハーネに会わせてもらえず、悔しい思いをした。男だてらに大変美しい容姿をしたナジブによく似ていると聞き、なおのこと見てみたくなったものだ。

結局願いは叶わず国へ帰ったが、数年後このようにして彼女と出会い、果ては自分の妻になるというのは不思議なものである。

「ラティーフさまっ」

高く澄んだ声が、弾むように響いた。

そちらを見ると、アブタキア風の衣装を身に纏(まと)ったレイハーネが、まっすぐに駆けてくる。

彼女は勢いよく腕の中に飛び込んできて、ラティーフの胸に頬を寄せた。細い割に肉感的な身体を、遠慮なくギュッと押しつけてくる。

ラティーフはグッと息を止めて気を逸らし、大きな瞳を輝かせてこちらを見上げるレイハーネの髪を撫でた。彼女はとても嬉しそうに目を細めて笑う。

(なぜアブタキアの衣装というのは、こう……)

ユスラーシェのものと違い、肌の露出が多いのが特徴だ。特に胸元。豊かな膨(ふく)らみを覆(おお)うように巻かれた布を、腰の高い位置でキュッと絞ってある。

レイハーネの細い腰や大きな胸が強調され、また首すじから鎖骨、肩や腕まで露(あら)わになっているせいで、白くきめ細かい肌が際立っていた。

ユスラーシェの女性は夫以外の男性に、鎖骨や胸元など決して見せない。だから、初めてアブタキアへ来た時は、そこらを歩く女性を見てギョッとしたものだ。

「ね、ラティーフさま。ちょっとお耳を」

「ん?」

ラティーフが少し屈(かが)んで耳を寄せると、レイハーネは小声でそっと囁(ささや)く。

「今夜、侍女に変装してこちらに来ます。だから朝まで、また……」

レイハーネは恥ずかしそうに頬を染め、俯(うつむ)いてしまった。

変装して忍んでくる。それはとても彼女らしい行動だが、その意味するところは――

ラティーフはアブタキア国王と王子たちの顔を思い浮かべ、顔をしかめた。

――もし見つかったら、気まずいことこの上ない。

ユスラーシェにいる間に、自分とレイハーネがすでに夫婦の契りを交わしていたことは、ナジブしか知らないはずだ。国王と他の兄たちも知っていたなら、婚約の話はこれほどすんなり進まなかっただろう。

もし今夜の逢瀬が誰かに見つかり、ユスラーシェでのことが公になったら――

(まぁでも、今となっては大した問題にはならない、か)

婚約相手であったガジェティフの王子はもういない。

レイハーネの愛情は疑いようがないし、自分もまた彼女を愛している。

問題があるとすれば、国王とアーデル王子の自分に対する心証が悪くなることくらいだろう。

その時、レイハーネがラティーフの顔を不安そうに見上げた。

「あの……もしかして迷惑?」

「そんな訳ないだろう」

ラティーフは即答する。

するとレイハーネはまた嬉しそうに笑い、さらにギュギュッと胸を押しつけてきたので、ラティーフはそこからさっと視線を逸らした。

そんな格好であまりくっつくな、と言いたい。

だがレイハーネとは、明日からまたしばらく離れることになる。ここで拒否するようなことをして、彼女に余計な不安を抱かせたくはなかった。

「では、夜……待っている」

「はい！　私の変装、楽しみにしててね」

(楽しみなのはそこじゃないが)

そう思いつつも、ラティーフは何食わぬ顔で頷いた。

頬を染め、ジーッとこちらを見つめるレイハーネ。その期待に満ちた眼差しを見て、ラティーフは苦笑する。

ここにいる間はもう手を出せないと思っていたから、なるべく密な接触は避けてきたのだが――

今夜忍んでくると言うのなら、もういいだろう。

ラティーフは彼女のふっくらして柔らかい頬を撫で、艶のある唇に口づけた。

＊

夜更け過ぎ――

カリマの手回しが良かったおかげで、誰かに見咎められることもなく、レイハーネはラティーフの部屋にたどり着いた。

ラティーフはすぐに侍従を下がらせ、彼女と二人きりになる。

アブタキアの王宮の侍女服は、肌の露出を抑えた動きやすいものだった。さらに黒髪のかつらを被ったレイハーネは「どうですか？」と訊きながら、その場でクルッと一回転してみせる。

ラティーフはクスッと笑い、「お前は何を着ても似合う」と甘い声音で囁いた。

レイハーネは頬を真っ赤に染め、ラティーフを睨む。

「ずるいわ」

「何が」

「だって……二人きりの時だけ、そんな」

ラティーフは目を見開き、真面目な顔で答えた。

「他に人がいたら言えないだろう」

「なぜ？」

「……王になる男が、妻に骨抜きにされていると知られるのは、色々と都合が悪い」

今度はレイハーネが目を丸くし、彼の顔を下から覗き込んだ。

「骨抜きなの？」

ラティーフは苦笑いして頷く。

「すっかりな」

「知らなかったわ。だってラティーフさま、二人きりの時じゃないとあまり微笑んでもくれないんだもの」

それを聞いた彼は、レイハーネにしか見せない甘い笑みを浮かべ、正面から抱きしめてきた。

「どれくらい夢中か……知りたいか」

そう問いかけられ、レイハーネの胸がトクンと高鳴る。

普段とても鋭いラティーフの眼差しは甘く、耳にかかる吐息は乱れて熱を孕んでいた。

レイハーネが何かを言う前に、ラティーフは強引に彼女の唇を塞ぐ。

「んっ……」

唇の間から割り込んでくる舌が、彼女のそれを捕らえて絡み合った。後頭部や背中に回された彼の手は、レイハーネの身体の線を確かめるようになぞる。

くすぐったさと心地良さが混じったその感触に、レイハーネの身体はふるりと震えた。

「ラティーフ、さまっ……あっ」

首すじに吸いつかれ、敏感な場所に彼の舌先と唇の熱を感じる。

ゾクリと肌が粟立ち、レイハーネは身じろぎした。だが、ラティーフは決して逃がしてはくれない。

腰に回しているのとは反対の手で、衣装の上から胸の膨らみを撫でられた。大きな手で包むように揉まれ、指先で頂の尖りを弾かれる。

「ああっ、ん……っ、それ、やぁ……っ」

胸の先を弄られているのに、強く甘い疼きが腰の辺りから湧いてきた。

レイハーネはひっきりなしに嬌声を上げる。

立ったまま足の力が抜けそうになるのを、ラティーフの力強い腕が支えた。

「レイハーネ。お前をもう一度ちゃんと抱きたかった。あの夜できなかったことを、最後までさせてくれ」

すっかり脱力してしまった彼女の身体を、ラティーフは軽々と抱き上げた。

怪我をした右腕を心配するレイハーネに、彼は「もう治った」とうそぶく。

そのまま寝台に運ばれ、中央に組み敷かれた。

性急で余裕のないラティーフの様子に、レイハーネはむしろ喜びを感じる。自分が彼を求めているように、彼もまた自分のことを求めていることが分かったからだ。

ラティーフに向かって両腕を伸ばしたら、彼は目を細めてそれに応え、強く抱きしめてきた。

「ラティーフさま」

「レイハーネ」

二人は互いの名を呼び合い、口づけを交わす。深く貪られ、なまめかしく舌が絡み合うと、途端にレイハーネの息は上がった。

身体の内側から、ひっきりなしに甘い痺れが湧くのを感じる。

どこに触れられても感じてしまい、レイハーネは困って身を捩った。だがラティーフが愛撫の手を緩めることはない。

彼女は鈴の音のように高く甘い声を、絶え間なく漏らし続けた。

身に着けていた侍女服を残らず脱がされ、全身の肌を露わにさせられる。レイハーネは恥ずかしさから、寝台の上で小さく身を縮こまらせた。

ラティーフはその足元に膝をつき、彼女の全身を見下ろす。そして、いつも固く引き結ばれている口元に笑みを浮かべた。

普段は白いレイハーネの肌が、火照って赤みを帯びている。

固く閉じてしまった花びらを一枚一枚解きほぐすように、ラティーフは再び彼女の身体を愛撫していった。

彼の熱い唇と舌が、肌を丹念に味わいながら、全身に落とされていく。

硬い指先でうなじから背中をなぞられ、レイハーネは反射的にピクンと腰を浮かせた。

「あっ」

「ここもいいのか――」

ラティーフの低い声が甘く熱を帯びる。

「どこも敏感で感じやすいな」

豊かな胸の膨らみがふるんと揺れるのを見て、彼はその真っ白な双丘に唇を這わせた。

「んぅっ……！」

敏感な胸の頂を熱くざらついた舌で舐られ、強く吸われる。あっという間に凝った尖りを、彼は舌先で器用に転がした。

「はっ……あ、あぁっ……！」

軽く歯を立てられ、レイハーネが一際大きく反応すると、ラティーフは彼女の真っ赤に染まった顔を見て満足げに笑った。

自分ばかりが熱く溶かされ、快感に溺れていくようで、レイハーネは嫌だった。

してもらうばかりでなく、自分も何かしたい。彼にも同じように感じて欲しい——

(私から触れたら……ラティーフさまも気持ちいい?)

彼のほうに手を伸ばしたら、それに気付いたラティーフが指を絡ませてくる。手はそのまま敷布の上に縫い止められ、レイハーネは覆い被さってきた彼の口づけを受け止めた。

ラティーフに舌を出すよう言われ、おそるおそる伸ばしたら、舌先を擦り合わせ、強く吸われる。

その時、レイハーネはいつも彼が自分にしてくれるように、やってみた。すると彼は口づけを交わしながら、愉しげに微笑む。

唇が離れたところで、レイハーネはジッと彼の目を覗き込んだ。

「どうした」

「ラティーフさまは、どうされるのが好き?」

「ん?」

彼は一瞬固まって、こちらを凝視する。

レイハーネは真剣な顔をして再び訊ねた。

「私も、ラティーフさまに気持ち良くなってもらいたいの」

彼はあっけに取られた後、ゴクリと唾を呑む。

「いや、充分気持ちいいが……」

「遠慮しないで。ちゃんと教えてもらえれば、頑張りますから!」

何やら葛藤している様子の彼を見て、レイハーネは自分にもできることがあるはずだと確信した。

上半身を起こし、上に覆い被さっていたラティーフの胸を押す。

彼は戸惑いを隠さず、だがレイハーネに押されるまま後ろに倒れた。

レイハーネはその上にのしかかり、彼を見下ろす。ちょうど膝の上に跨（また）がっている状態だ。

「まったく同じようにすればいい？」

「いや、そうじゃなく……」

ラティーフは苦笑を浮かべると、彼女を膝に乗せたまま上半身を起こした。

そしておもむろに自分の帯を解き、着ているものを全て脱ぐ。

逞（たくま）しい裸体が露（あら）わになり、レイハーネは目のやり場に困って、慌てて視線を逸らした。

「レイハーネ」

低く甘い声で呼ばれ、ドキドキしながら顔を上げる。

彼は少しだけ困ったような、なんとも言えない表情をしていた。そんな顔を初めて見たレイハーネは、胸がきゅうと締めつけられるのを感じる。

「これに触（さわ）れるか？　無理はしなくていいが」

レイハーネは目を瞬（またた）かせて彼の顔を見つめ、ゆっくり視線を下ろした。

下腹部の辺りに硬く隆起（りゅうき）した男性器があり、レイハーネは再び目のやり場に困ってしまう。

それは腫（は）れたようになっており、触れたらとても痛そうに見えた。

「触っても……大丈夫なの？」

「ああ。だが強く握ったり、爪を立てたりするのは勘弁してくれ」

レイハーネはゴクリと唾を呑む。

そして剛直をそっと握ると、それは手に余るほどの太さと長さがあった。表面は少しだけ柔らかく、とても熱い。

遠慮がちに触れていたら、ラティーフの眉間のシワが深くなった。

「もう少し……強く握っていい」

ラティーフはレイハーネの手の上から一緒に握り、どうすればいいかを教えてくれる。

思っていたよりずっと強い力で、上下に擦り上げた。

「ん……っ、はっ、ぁ……」

ラティーフの口から、低く甘い吐息が漏れ出す。

彼の表情をこっそり窺うと、いつか見た快感を堪える時の表情をしていた。

レイハーネの胸の鼓動はますます速くなった。いつも不愛想な彼が快感に表情を崩す様はとても色っぽく、見ているだけでドキドキしてしまう。

無意識に頬に口づけたら、彼もこちらを見て微笑み、二人は自然に唇を重ねた。

すぐに舌が絡み合う。レイハーネは手の動きを止めないよう頑張っていたが、ラティーフの口づけに幾度も意識を持っていかれそうになった。

「レイハーネ。後ろを向いて、背中をこちらに」

(背中……?)

レイハーネは一度彼の膝から下りると、言われたように背中を向けた。

するとラティーフは、背後からレイハーネの腰を掴んで引き寄せ、彼女を四つん這いの体勢にさせる。

「やっ……ん」

これでは、蜜に濡れたあの部分を見られてしまう。

そう思ったが、彼もレイハーネと同じように敷布に手をつき、後ろから覆い被さってきた。そうして彼女の内腿を下から撫で上げる。

「ふぁっ、や……ああ」

ゾクゾクと全身に震えが走った。

すでに濡れそぼった肉唇を、ラティーフの指先がなぞる。その指はくちゅりと音を立て、肉襞の奥へと入り込んだ。

「んぁっ、あ、ラティーフさま……っ」

「もうこんなに蕩けているのか。物欲しそうに吸いついてくる」

そんな意地悪を言いながら、彼は中に埋めた指を緩やかに動かした。

「んんっ……中、やっ……かき回しちゃ……っ」

「こっちも触ろうか、レイハーネ。ここが好きだろう」

ラティーフはもう一方の手も伸ばし、薄い茂みの中で密かに凝っていた肉粒を探り当てると、それを指の腹で優しく擦り上げた。

途端に強すぎる刺激が全身を貫き、レイハーネは叫ぶ。

「あぁぁぁぁっ」

四つん這いの恥ずかしい格好で敷布を握りしめ、彼から与えられる快楽に翻弄された。

ラティーフの指の動きに合わせて、自然と腰が揺れる。

「お前は本当に可愛い、レイハーネ」

「んぅっ……はぁ、あっ……また、私ばっかり……っ」

レイハーネが涙目で見上げたら、ラティーフはククッと笑った。

その手でコロンと横に倒され、また仰向けにさせられる。

彼はこちらが抵抗する間もなく足の間に顔を入れると、プクリと膨らんだ肉粒を舌で舐った。

「あぁっ……や、そんなっ……」

再び中に差し込まれた指が襞を擦り、硬くなった肉粒を舌先で何度も転がされる。

強すぎる快感に、レイハーネはむせび啼いた。

指の動きに合わせ、くちゅくちゅと響くいやらしい水音。徐々に荒くなっていく彼の息遣い。

耳から入ってくるそうした官能的な音にも、強く刺激を受けた。

「んんっ、やぁっ……あっ、……もう、ラティーフさ、まっ……」

「もう……なんだ？」

彼が、その先の言葉を促してくる。

レイハーネは身体の奥に渦巻く欲に、理性がかき消されていくのを感じた。

「もう、欲しい……ラティーフさまがっ……欲しいの」

ラティーフは満足げに微笑み、甘い声で囁（ささや）く。

「では……共に溺れようか」

彼の手に身体を引き寄せられ、正面から抱きしめられる。レイハーネはホッとして大きく息を吐き、彼の首すじに額（ひたい）をすり寄せた。

ラティーフは彼女の足を開かせ、その間に身体を入れながら、敷布の上に倒れ込む。

彼の大きな身体が覆（おお）い被さってきて、その広い胸に、レイハーネはギュッとしがみついた。

もう充分にほぐれて柔らかくなった蜜口に、熱い剛直の先端が押しつけられる。

レイハーネは彼の首に腕を回し、名前を呼んだ。

「ラティーフさまっ……！」

グッと重みがかかり、熱く質量のある塊（かたまり）が身体を内側から圧迫する。

最初の時の痛みと苦しさを思い出し、レイハーネは思わず息を呑んだ。

だが、痛みはさほど感じない。重みと息苦しさは以前と同じだった。

何度か腰を引きながら、ラティーフは徐々に奥へと入り込んでくる。

彼と繋がったところは燃えるように熱く、レイハーネは何度も短く息を吐いた。

これ以上は無理だと思う場所に先端が当たると、彼はようやく動きを止める。

息を荒くしながら、ラティーフはレイハーネの身体を強く抱きしめて囁く。

「やっとお前を取り戻せた、レイハーネ」

「ラティーフさま……」

彼の腕に抱かれて深くまで繋がり、レイハーネは大きな喜びを感じた。

（これからは、ずっと一緒にいられる）

明日から数日は離れ離れになるが、それを過ぎれば、後はどちらかが死ぬまで一緒だ。

あの晩の悲しい別れ――あんな思いは、もう二度としたくない。

見つめ合い口づけを交わしながら、ラティーフはゆっくり動き出した。

最初の時とは違い、レイハーネの身体は熱さと重苦しさの中から、あっという間に快感を拾い始める。

蜜口は多少ひりついたが、中は柔軟に絡みつき、彼のモノを包み込んだ。

「ラティーフ、さまっ……あっ、はぁっ……あぁ……っ」

レイハーネの高く甘えるような声に、ラティーフの動きは勢いを増し、徐々に激しくなってくる。

互いの荒い息遣いが混じり合い、ますます欲を煽った。

「……っ、はっ……レイハーネ、痛みは？」

彼女は首を横に振り、「気持ちいい」と答えて、ラティーフの理性を突き崩した。

すると突如、奥の深いところを抉られる。

「ああっ……！」

さらに強い快感が湧き、それが下腹部から全身に広がっていくのを感じた。

「レイハーネ……っ！」

腰を抱えられ、何度も激しく揺すられる。

大きく熱い肉塊で繰り返し奥を突かれ、レイハーネは啼き声を上げた。

重い楔が内腑を押し上げて苦しい。なのに、頭がおかしくなりそうなほどの甘い快感が、際限なく湧き起こる。

両足を持ち上げられ、繋がったところを見せつけられた。

レイハーネが恥ずかしさに目をつむると、彼はその頬に手を伸ばして囁く。

「目を開けて、よく見てみろ。ほら……」

言われたとおりに薄目を開き、先ほどと同じ部分に目をやった。太い楔に穿たれた自分の姿を目の当たりにして、レイハーネは思わず声を上げる。

「ああ……っ、やぁぁっん」

「こうしてしっかり繋がっている。……ちゃんと感じるか？　俺の存在を」

「んっ、感じ……ああっ！」

大きく引いたかと思うと、再び深くまで入り込まれ、羞恥も吹き飛びそうになった。

腰を打ちつけられるたびに、蜜の溢れる襞の奥から強い快感が湧き起こる。

レイハーネの頭の中は、恥ずかしさより愉悦に支配されていた。

「あっ、あ、んぅっ……ラティーフさ、まっ……ああっ」

レイハーネの切なく甘い声が響き、それがラティーフの情欲をますます煽る。

汗ばんだ肌を重ね、互いに乱れた吐息を絡めて、深い口づけを交わした。

「んんっ……ん、ぅ……ん」

レイハーネは息苦しさと快感に何も考えられなくなり、ギュッと目をつむる。

ラティーフの身体の熱さと、肌が触れ合う感触。

全ての感覚が支配されてしまいそうなほど強い愉悦に浸り、レイハーネはただただ悶えた。

やがて、膨れ上がった快感は身体の奥で渦を巻き、濃度を増していく。

「あっ、も……っ、ラティーフさまっ、ダメ……っ！」

「構わない、レイハーネ。そのまま——」

今まで感じたことがないほど深く、強い快感がせり上がってきて、レイハーネは啼き叫ぶ。

「んんっ、や、こんなっ……、ダメ、ダメ……っ、あっ……あああぁぁぁっ！」

「くっ、レイ、ハーネ……っ！」

ラティーフに奥まで押し込まれ、快感が一気に弾けた。

身体の奥深くに、熱い飛沫がドクドクと打ちつけられるのを感じる。

レイハーネは肩で呼吸を繰り返しながら脱力し、敷布の上に倒れ込んだ。

大量に精を吐き出したラティーフは、腰をゆるゆると動かしながら、彼女の頬を撫でる。

それに気付いてレイハーネが目を開けると、彼はもう一度覆い被さり、口づけてきた。

「まだ足りない。夜明けまで放さないぞ、レイハーネ」

「ラティーフさま……」

硬さを失わないまま、彼は再び身体の奥深くを抉るように貪り出した。

先ほど出された濁液が潤滑油となり、激しい動きによる刺激を和らげてくれる。

「んっ、ああっ……はぁ、んっ……やぁぁっ」

ひっきりなしに上がる彼女の声に煽られたように、ラティーフの動きも激しくなった。

腰に回した腕に力が入ったかと思えば、彼はレイハーネを抱きながら上半身を起こす。

強引に身体を持ち上げられ、レイハーネは彼に跨がる格好になった。

「あっ、や……っ、こんな」

「レイハーネ」

彼に下から顔を覗き込まれ、口づけを促される。

そっと唇を重ねると、すぐに舌を絡められた。

「んんっ……んっ、ん……ああっ……！」

下から腰を突き上げられ、さっきよりもずっと深いところにラティーフの熱を感じる。

目の前で揺れる胸を、彼は大きな手で掬い、その頂を口に含んだ。

むずがゆいようなジリジリする感覚が、胸の先に次々と湧く。同時に腰が疼き、レイハーネの中はきゅうっと強く彼を締めつけた。

「はっ、レイハーネ……！」

「ラティーフさまっ」

自分の身体を支えられず、彼の首にしがみついた状態で、激しく揺らされる。

甘すぎる愉悦に支配され、また何も考えられなくなっていった。

ただただ全身で彼の存在を感じる。自分を見つめる藍色の瞳が情欲に揺れる様を見て、幸福感に

浸る。

再び放たれた熱い精を身体の奥で受け止めながら、レイハーネは何度目かも分からない絶頂を迎えた。

明け方まで彼に翻弄され続けたレイハーネは、自分でも知らぬ間に意識を失い、そのまま眠り込んでしまった。

＊

ラティーフは昼間に出発することになっていた。

レイハーネはカリマによって叩き起こされ、なんとか身支度して外に出る。

一通り挨拶を済ませたラティーフは、レイハーネの姿を見つけて嬉しそうな笑みを浮かべた。

「ラティーフさまっ」

名を呼びながら駆け寄ると、彼は皆の前でも構わず両手を広げた。

レイハーネは勢い込んでそこに飛び込み、彼の身体をぎゅうっと抱きしめる。

「行っちゃいや、ラティーフさま！　やっぱり私も一緒に帰りたい！」

彼は笑って、レイハーネの頭を優しく撫でた。

「たった数日のことだ。またすぐに会える。お前がユスラーシェに来たら、もう二度と放さない」

「でも寂しい……」

腕の中でぐずるレイハーネを見て、ラティーフだけでなく、見送りに出ていたナジブやイルハム、そしてカリマも笑みを浮かべた。

「ならば、あちらで待っている間に、お前が望むものを準備しておこう。それを楽しみにしていてくれ」

「……望むもの？」

ラティーフの提案に顔を上げたレイハーネは、「何がいい？」と訊かれてハッと思いつく。

「マリカ！　マリカが見たいわ。あれは私の幸運の花なの！」

彼は目を軽く見開き、「あれがか？」と不思議そうな顔をした。

「あれなら宮殿の裏庭に、山ほど咲いているが……」

「ええっ！　本当？」

自分があそこにいた時は、一度も見つけられなかったのに。

「では、お前がユスラーシェに戻ったら裏庭をゆっくり案内してやろう。俺も楽しみに待っている」


ラティーフが乗り込んだ馬車が、門を出て見えなくなった途端、レイハーネはカリマに向かって叫んだ。

「今から支度するわよ、カリマ！　荷物は後からでいいの。身の回りのものだけまとめたら、私もすぐに行く！」

それを聞いたナジブは唖然とし、隣にいたイルハムもポカンと口を開ける。

王族同士の婚姻というのはそれぞれの国のしきたりに従い、綿密な準備の上で進められるものだ。

それなのに、すぐに出発とは――

カリマは「はあ」とため息を吐きながらも、全力で走り出したレイハーネの後を、渋々追いかけていった。

レイハーネは一度こうと思い込んだら、とてつもない行動力を発揮する。

本当に今すぐ出発しかねない妹を、ナジブとイルハムも「ちょっと待て、一回頭を冷やせ！」と叫びながら、慌てて追いかけていった。

――レイハーネとラティーフの婚姻が成立したのは、この一月後のことである。

後日談　～溺愛（できあい）～

爽（さわ）やかな一日は、まず湯浴みから始まる……のは、ここだけかもしれない。

砂漠に囲まれた豊かなオアシスの中に建つユスラーシェ王宮。

広大な宮殿の一角に、第一王子ラティーフのハレムがある。そこの住人は一人だけだ。

――ラティーフの唯一の妻、レイハーネである。

彼女は毎晩のように夫と褥（しとね）を共にし、昼近くまで起きてこない。

そして三人の侍女たちにより、最初に湯浴みをさせられるのだった。


「姫さま……またついてます」

「えっ」

「見えるところにつけるのはやめて欲しいって、ちゃんと言ったんですか？」

筆頭侍女のカリマは眉根を寄せ、主人であるレイハーネを疑り深い眼差しで見つめた。

彼女はレイハーネにとって生まれた時から傍（そば）にいる幼なじみであり、姉のような存在でもある。

レイハーネが物心ついた時にはもう、自分に対するカリマの言動には、遠慮もヘッタクレもなくなっていた。

「本当だ……あっ、ここも！」

「こっちもです」

残りの侍女二人――ラナとラミアも声を上げる。

今、自分はハレムの広い浴室で腰のあたりまで湯に浸かり、三人に身体を洗われながら、肌を隅々までチェックされている。これにはさすがのレイハーネも恥ずかしさを覚えた。

「ラティーフさまの独占欲にも、困ったものですね」

カリマがため息まじりに呟く。

さっきから三人が言っているのは、レイハーネの肌に残された口づけの痕のことだ。

ラティーフはレイハーネを抱く時、なぜかやたらと痕をつけたがる。

ここに来てからまだ半月あまりだが、彼は毎夜欠かさずレイハーネに夜伽を命じており、添い寝するだけで済むことなど、ほとんどなかった。

「それだけ愛されてらっしゃるんですよ」

「なんたって、メロメロですから」

ラナとラミアは嬉しそうに顔を見合わせ、「ねー！」と声を弾ませた。

湯浴みが済むと、ようやく朝食を兼ねた昼食にありつける。

レイハーネはすでに、お腹がペコペコだった。

一度にたくさんの量を食べられない彼女は、食べる前になるべくお腹を減らし、少しでも多く口にするよう努力している。

カリマ曰く、ハレムの住人が一人であるということは、「体力勝負」なのだそうだ。

レイハーネは夜毎、明け方近くまでラティーフに貪られているため、昼前にならないと起きられない。つまり必然的に朝食を食べ損なう。睡眠はなんとか取れているが、うっかりするとすぐに痩せてしまうのだ。

だからカリマは、レイハーネの健康維持に関して異常に神経を尖らせている。

「――やっぱり平均は二回か」

カリマが呟くと、ラナとラミアがもっともらしい表情で頷いた。

「一回で済む時もありますが、たまに三回以上の時があります」

「三回を超えると、腰が心配ですよ」

「前にもギックリいっちゃってるしね」

三人は揃って「うーん」と唸る。

レイハーネは、せっかくの食事を目の前にしながら、手をつけることすらためらわれた。

「あの……食べてもいい？」

そう訊ねたが、三人は眉間にシワを寄せたまま、こちらを見向きもしない。

(何を悩んでるのかしら)

レイハーネ自身、ラティーフに毎晩呼んでもらえるのは、単純に嬉しい。

昼間の彼は忙しく、基本的に会えるのは夜だけだ。でも互いにたっぷり触れ合いながら、合間にちゃんと話もできるし、その後は抱き合って一緒に眠れる。

不満らしい不満を抱える余地は、今のところなかった。

「あら。やだ姫さま、食欲ないんですか？」

「え」

「なぜ食べないんです？」

「具合でも悪いんですか？」

いつの間にか三人に詰め寄られており、レイハーネは慌てて否定した。

「何もないわ！　ちゃんと食べるから」

そして早速、食事に手をつけ始める。

口いっぱいに詰め込み、モグモグと噛んでいたら、カリマがまた疑り深い眼差しを向けてきた。

「なんか、無理して食べてません？」

「そ、なこっ……お……へっ……！」

懸命に咀嚼（そしゃく）しながら、レイハーネは首を横に振る。

ラナとラミアは、彼女が何を言ったのか分からないらしく、怪訝（けげん）な顔をした。

カリマが「それならいいんですけど」と言って引き下がると、二人は驚愕（きょうがく）の表情を浮かべる。

「カリマさん……」

「もしかして、今の理解できたんですか？」

カリマは平然とした顔で頷く。

「『そんなことない、お腹減ってるもん！』って言ってるわ」

「すごーい！」

「さすがカリマさんです！」

二人から尊敬の眼差しを向けられ、カリマは満更でもない様子だ。

侍女たちが仲良しなのは喜ばしいことなので、レイハーネはそのやり取りを微笑ましく思いながら見守った。

＊

その晩も夜伽に呼ばれ、レイハーネはラティーフの寝室に向かう。歩き慣れた回廊からは、いつもの中庭を見ることができた。

幾多の花がキレイに咲いているのを眺め、レイハーネはラティーフとの約束を思い出す。

亡くなった母との思い出の中に咲く、幸運の花――マリカ。

嫁ぐ前にここにいた時、中庭で懸命に探したのに見つからなかった。

でも実は、本宮殿の裏にある庭園のほうには、山ほど咲いているらしい。

似た形の花は、この周辺でもよく見かける。だが一目で心を鷲掴みにされた美しい姿――白地の花弁にうっすら透けるような薄青の模様が入っているのは、マリカだけだ。

『お前がユスラーシェに戻ったら裏庭をゆっくり案内してやろう』

別れ際ラティーフはそう言っていたのに、裏庭を案内してもらったことはまだ一度もない。

(見に行きたい……できればラティーフさまと一緒に)

そんなささやかな願いを胸に、レイハーネは彼のもとへ向かった。

部屋のほぼ中央に置かれた寝台の天蓋からは、薄い幕が幾重にも下がっている。

その幕を捲って寝台の縁に腰掛けているラティーフを目にした途端、レイハーネはたまらず駆け出した。

「ラティーフさま！」

こちらに気付くと、彼の険しい顔つきはすぐに柔らかいものへ変わる。

その横にピタリと寄り添って座り、レイハーネはラティーフの顔を見上げた。

彼はごく自然に彼女の肩を抱き、身体を優しく包むように抱きしめる。

厚い胸板の弾力。そして、はだけた上衣から覗く日に焼けた肌の感触を、レイハーネは頬で感じた。

「レイハーネ」

甘い囁きと共に、ラティーフの男らしい顔が近づいてくる。

目を閉じたら、熱く柔らかい唇が重なった。

途端に身体の内側から、強烈な甘い痺れが湧いてくる。

「んっ、ぅ……ん」

唇を割って入ってくる舌のなまめかしさに、レイハーネの口からは、乱れた吐息と喘ぎ声が漏れ出した。

それに煽られたかのように、ラティーフの口づけは、ますます深く濃密になっていく。

ジワリと熱くなった身体から力が抜けていった。

逞しい腕に縋って身を捩ると、敷布の上に押し倒される。

「ラティーフさま……っ、あぁ」

さっきまで彼に話そうと思っていたことを口にする間もなく、レイハーネは官能の波に呑み込まれた。

ラティーフの吐息が耳を熱くし、唇が触れた場所は赤く色づく。

彼の大きな手に触れられると、そこはひときわ敏感になった。

「んっ、はっ……あ、ん……！」

「レイハーネ」

ラティーフはまるで飢えていたかのように、彼女の身体を次々貪っていく。

細い首すじを舐め尽くし、鎖骨に噛み痕をつける。そして白く柔らかい双丘の感触を愉しみながら、桃色の実に吸いつき、舌先で転がしたり強く吸い上げたりした。

真っ赤に熟してしまった実を見つめ、彼はたった今さんざん味わい尽くしたにもかかわらず、「美味そうだ」と囁く。

彼の手にかかると、レイハーネは身体だけでなく気持ちも、あっという間に溶け出してしまう。

広い胸にガッシリとした肩や腕。自分とは全く違う、筋肉に覆われた硬い身体。

でも触れている肌は熱く、滑らかで心地良い。

それらに包まれていると、自分の全てが彼のものであることを実感でき、レイハーネは幸せになる。

「お前はいつも、花の香りがするな」

「花……？」

「ああ。お前は俺だけの花だ、レイハーネ」

甘い囁きに体温が上がり、肌からはますます濃い香りが立ち上る。それを大きく吸い込むと、ラティーフはさらに彼女を味わうため、再びその肌に吸いついた。

彼は自分のことを、花の蜜に誘われる虫のようだと言う。

だがレイハーネは、彼に抱かれる自分は獣に捕らわれ、食べ尽くされる獲物みたいだと感じていた。

頼りがいがあり、いつも自分を甘やかすラティーフ。

でもこうしている時の彼は、とても熱くて激しかった。

どちらの彼も好きだとレイハーネは思う。——自分を愛し、求めてくれていることに変わりはないから。

目が合い、唇を重ねられる。

足の間に伸ばされた手は、すでにトロトロに溶けて蜜が溢れていることに気付き、そのまま中に入り込んだ。

彼の指が蜜襞の中を抉り、掻き回すと、レイハーネの身体はそれに反応してビクビクと揺れる。

「ああぁっ！」

「もう充分溢れている。だが……ちゃんと味わいたい」

ラティーフはそう言い、レイハーネの足を大きく開くと、蜜口に吸いついた。

花弁を丁寧に舌でなぞり、蜜を啜る。

ゾクゾクする大きな震えが、全身を逆撫でしていくようだ。

焦らすように周囲を舌先で触り、最後に肉粒を強く吸われた時、レイハーネはあまりの刺激に甘い叫び声を上げた。

「気持ちいいか」

「は、い……っ、ラティーフさま……」

「まだ気をやるなよ、レイハーネ」

ラティーフは身体を起こし、自らの服を剥ぐ。

露わになった男性器はいきり立っており、彼はその先端で蜜に濡れた肉唇を割ると、そのまま強引に押し入ってきた。

彼の体重が重くのしかかる。

レイハーネが息苦しさに呻くと同時に、痺れるような快感が湧いた。

「……っ、あ、はぁっ……ん」

浅いところを細かく突きながら、ふいに深いところを強く抉られる。

どちらもレイハーネの弱いところだが、ラティーフはそれを分かっていて、幾度も攻めてきた。

初めに感じた重苦しさや異物感は、あっという間に吹き飛び、全身を悦楽に支配される。

「ラティーフさまっ……あっ……ん」

夢中で手を伸ばせば、彼はそれを掴んで上に覆い被さってきた。

抱きしめられ、何度も唇を奪われる。

だが、そのうち腰の動きが緩やかに変わった。

レイハーネが彼の首に腕を回すと、ラティーフは微笑む。

「お前が可愛くてたまらない、レイハーネ」

汗ばむ熱い肌に触れながら、レイハーネは深く息を吐いた。

彼が二人きりの時にしか見せない、甘い表情と言葉。

嬉しい、と囁き返し、彼にしがみつく。

「ラティーフさま……」

(大好き……)

ラティーフの腕の中にいると、気持ち良くて幸せで——

レイハーネは彼に全てを委ね、快楽の波間を漂う。

穏やかな波と激しい高波に交互に揺られ、いつしかそれに溺れていく。

ラティーフは彼女の両足を腕に抱え、激しく奥を突き上げながら、荒く短い息を吐いた。

彼が苦しげに眉根を寄せ、額に汗を浮かべる様は美しく、レイハーネの胸をときめかせる。

視線が絡み合うと、ラティーフに腕を引かれた。

「レイハーネ、来い」

「え……？　あっ、ん……ああっ……！」

繋がったまま上半身を起こされる。なぜか彼は寝台に肘をつくと、そのまま後ろに倒れ込んだ。

レイハーネが彼に跨がり、組み敷くような格好になる。下からラティーフの熱い視線を感じ、レイハーネは羞恥に震えた。

「やぁ、ラティーフさま。見ちゃいやっ……」

「綺麗だ、レイハーネ。お前ほど美しい女を、俺は見たことがない」

下からリズミカルに突き上げられ、大きく揺すられる。

レイハーネは次々湧いてくる快楽に翻弄されつつ、もう何度目かも分からない絶頂の波が再び押し寄せるのを感じた。

「ああっ……ラティーフ、さまっ！　私、またっ……」

「構わない。そのまま……俺も一緒に」

そう囁かれ、これまでにもう幾度となく注がれた白濁の熱さを思い出す。

レイハーネの下腹部にズクリと一際大きな愉悦が湧いた時、彼も呻いた。

「や……っあ、もう……っ、ああぁぁっ！」

「くっ、レイハーネ……！」

愉悦が限界まで膨らんで弾けるのと同時に、ラティーフの熱が最奥にドクドクと打ちつけられる。

「んう……っ、ん……、ラティーフさまの……熱い」

「なんだ、レイハーネ。もっと欲しいか？」

（……もっと？）

レイハーネが上に跨がったまま目を丸くすると、ラティーフはからかいまじりに微笑んだ。

「昨晩は一度しかしなかったな。今宵は妻の期待に応えて、もう少し頑張るか」

「え、いえっ！　私そんな、期待なんてっ……」

「遠慮するな。お前になら、いくらでも与えてやる」

「遠慮なんかしてなっ……」

レイハーネの言葉は、ラティーフの口づけによって遮られ、結局形をなさなかった。

＊

翌日。

昼前になってもグッタリして起きられず、さすがに身の危険を感じたレイハーネは、侍女たちに訊ねた。

「どうしたら、一回で充分だって伝わるのかしら」

すると、三人はそれぞれ首を捻って考える。

「一回で充分……ではなく、『する』か『しない』かで考えてみたらいかがです？」

「始めてしまったが最後、一回では終わらないでしょうからね」

「確かに」

レイハーネも頷く。言われてみればその通りだと思った。

「するかしないか、かぁ。でも、私から断ってもいいのかしら」

そう呟いたら、カリマが目を剥いて怒った。

「当たり前ですよ！　奥方は一人しかいないんですから……少しくらい手加減してもらわなくてはっ」

「でも、ラティーフさまと会えなくなるのは嫌よ」

すると、ラナとラミアが揃って口を開いた。

「じゃあ昼間に会ったらどうです？」

「会うのが夜だから、イチャイチャしたくなっちゃうんですよ、きっと」

（昼間――？）

レイハーネは目をパチパチと瞬かせ、あの約束をまた思い出した。

＊

レイハーネはハレムまで迎えにきたラティーフと共に、本宮殿の中を歩いていた。

今朝、夜伽(よとぎ)の命を伝えにきた監督官に、王子宛の手紙を渡してもらったのだ。すると、ラティーフからすぐに了承の返事がきた。

嫁(とつ)いできてからというもの、ハレムを出たことがなかったレイハーネは、内心ウキウキしている。

「約束を果たすのが遅くなって、悪かったな」

隣を歩きながら謝るラティーフを、彼女はクスクスと笑って見上げた。

「いいえ。ちゃんとこうして守っていただけたから、いいんです」

機嫌の良いレイハーネを見つめ、彼もまた笑みを浮かべる。

少し離れて後ろを歩くのは、第一王子の侍従ヒクマトと、侍女カリマだ。

ヒクマトはなぜか不機嫌そうな顔をしており、反対にカリマの表情は満足げだった。

「執務に差し障りのある昼間に出かけたいなどと……ワガママが過ぎるのではないか？」

本人たちに聞こえないよう小声で文句を言うヒクマトに、カリマはふんと鼻で笑ってみせる。

「そちらの都合で姫さまを閉じ込めておこうったって、そうはいきませんよ。あのアブタキア国王をいいようにあしらえる唯一の人なんですから」

ヒクマトはブスッとして黙り込み、ますます眉間(みけん)のシワを深くする。

当のレイハーネはラティーフの腕を取り、弾(はず)むような足取りで歩いていた。

ハレムから本宮殿を挟んで反対側に位置する裏庭。

そこに到着すると、レイハーネは真っ白な花の咲く一角に目をやって、感嘆の叫び声を上げた。

「きゃーっ！　見て、カリマ！　幸運の花があんなにっ！」

途端に走り出した彼女を、ラティーフと侍従たちは微笑ましい気持ちで追う。

花は植えられたものではなく、自生しているようだ。

城壁の端から端まで一面に咲くそれには、確かにあの薄青の模様が入っていた。

（信じられない……）

幼い頃、母と共に見つけた、珍しくも美しい花――

言葉を失い、呆然と立ち尽くすレイハーネの肩を、追いついたラティーフがそっと抱いた。

「何か、思い入れのある花なのか？」

そう訊かれ、レイハーネは思わず涙ぐむ。

「はい……。母との思い出が詰まった花で――」

ラティーフは、彼女の母が早くに亡くなっていることを思い出した。

「そうか。もっと早く見せてやれば良かったな」

レイハーネは首を横に振り、彼の胸元に頬を寄せる。

「この花は、私にとって幸運の象徴なんです。ずっとそう信じてきたの。それは間違ってなかったわ」

「ん？」

顔を覗き込んでくる彼に、レイハーネは満面の笑みを向ける。

「この花を探しにオアシスへ行ったら、カリマが攫われたのよ。カリマには怖い思いをさせてしまったけど、この花が、私をラティーフさまのもとに導いてくれたんだわ、きっと」

まるでおとぎ話のようだが、嬉しそうに語るレイハーネを見て、ラティーフも笑った。

「お前がそう信じるなら、きっとそうなんだろう」

その花以外にも色々な草木が生い茂る裏庭を、二人は手を繋いで見て回った。

裏庭といえど充分広くて日当たりが良く、興味を惹(ひ)かれるものが次々に現れて、レイハーネは退屈しなかった。

もちろん、ラティーフと一緒にいるのもある。

庭園の途中にあった東屋(あずまや)で休憩する時も、彼の膝の上に乗せられ、優しく甘やかされた。

疲れた足を揉んでもらい、彼の胸にもたれかかって身体を休める。

喉が渇(かわ)いたと言ったら、お茶と軽食のセットがあっという間に運ばれてきて、レイハーネは驚いた。

(ラティーフさまったら)

父ですら、ここまでしてくれたことはない。

「私がこれ以上ワガママになったら、どうするんです?」

そう訊(たず)ねたら、ラティーフは可笑(おか)しそうに笑った。

「このくらい、どうってことはない。妻はずっとお前一人だ。もっとワガママを言えばいい」

レイハーネは目を丸くする。

初めの頃の、強引に迫ってきた彼とは違い、今はあれやこれやと尽くしてくれる。手に入れた後も、これ以上ないほど大事にしてくれて、レイハーネは幸せで胸がいっぱいになった。

「ラティーフさま……大好き」

その首に腕を回して抱きつくと、彼も大きな手でそっと背中を撫でてきた。

もう片方の手が腰に回され、そのまま太腿を伝って膝に触れる。

着ている衣装の裾から彼の手が入ってきて、レイハーネはハッとした。

「あ、あの……ラティーフさま……？」

「ん？　どうした」

彼の膝の上で、身体をもじもじさせる。

「それ以上はダメよ……みんなが見てるわ」

そう言って周囲に目をやるも、傍に控えていたはずのヒクマトもカリマも、そして他の侍従たちも、姿が見えなくなっていた。

（え……あら？）

ラティーフはなぜかニヤリと笑って言う。

「茶の支度が整った後、人払いをしたんだ」

「へ？」

「俺がいいと言うまで、ここで二人きりだ。とはいえ、離れたところに護衛はいるだろうが……」

「ええっ⁉」

（いつの間に――？）

レイハーネが目を白黒させていたら、彼はさっそくと言わんばかりに、裾から入れた手をさらに奥へと伸ばしてきた。

「あ、やっ……ラティーフさま！　ダメだってばっ……」

「なぜだ。誰も見ていない」

「だって、護衛がっ……！」

「声も聞こえないくらい離れている。何も心配いらない」

（そういう問題では――）

カリマはどこへ行ってしまったのだろう。

レイハーネは必死に目を凝らすが、彼女の姿は見当たらない。

「こっちを見ろ、レイハーネ。俺以外の者を見るな」

「そっ、な……ワガママだわ、ラティーフさま」

彼はククッと笑って頷く。

「当然だ。一人しかいない妻が、俺以外の者に気を取られているところなど見たら、どうなるか分からない」

「どうなるかって……どうなるの？」

彼の藍色の瞳を覗き込んだら、それは甘い色合いを帯びていた。

「嫉妬に狂い、お前をハレムに閉じ込めてしまうかもな」

「やだわ、そんなの」

ラティーフは本気とも冗談ともつかない表情を浮かべ、口の端をつり上げる。

「じゃあ……ずっと俺だけを見ていろ」

彼の整った顔が近づいてきて、反射的に目をつむると、唇を塞がれた。

そして耳朶や首すじに熱い唇を這わされる。その感触にゾクリときて、早々に力が抜けてしまう。

(おかしい……こんなはずじゃなかったのに)

昼間なら、いつもよりゆっくり話ができて、こういうことにもならずに済むはずだと——

薄い衣装の上から胸の膨らみを揉まれ、先端を軽く弄られて、甘い疼きを感じる。そこはすぐに硬くなり、プクリと浮き上がった。

彼はそれを布越しに咥え、軽く歯を立てて扱く。

「ふぅっ……んっ!」

強い刺激に腰がビクンと跳ねるのを、ラティーフは力強い腕で押さえた。

彼はそのままレイハーネの身体を、座っていた長椅子の上に押し倒す。

「お前の美しい身体を、誰からも見えないようにしてやる」

レイハーネはハッと我に返り、首を勢いよく振って叫んだ。

「やっぱり見られてるの!? やっ、ここじゃ嫌だってば……ラティーフさまっ!」

彼は軽く眉根を寄せ、顔を覗き込んでくる。

「じゃあどこならいい。——いつもの寝所か」

「寝所だったら……って、え？　今から？」

　すっかりその気になってしまったらしいラティーフは、すぐさま彼女の身体を担ぎ上げると、そのままハレムの方角に向かって歩き出した。

　いつかのように肩に乗せられたレイハーネは、混乱しながらも、高さに怯(おび)えて彼の首にしがみつく。

（なんでこうなるの——？）

　これでは、最初の頃と何も変わりない。

　彼に口説(くど)かれ、強引に迫られていたあの頃と、何も。

　納得いかないまま運ばれていくレイハーネを、本宮殿の部屋の中から見送る者たちがいた。

「ちょっと……これじゃいつもと何も変わらないじゃないのっ！」

　カリマが叫び、部屋を飛び出そうとするのを、ヒクマトがしれっとした顔で食い止める。

「これでいいのだ。今、レイハーネ王女に求められているのは、一刻も早くラティーフさまのお子を産むこと。それに関しては、執務より優先されても文句は言えん」

「子ども産むより前に、姫さまがぶっ倒れるってば！　どんだけ絶倫(ぜつりん)なのよ、あの王子〜〜っ！」

　カリマは到底人には聞かせられないような暴言を吐いて暴れた。

　結局、レイハーネは昼間から寝所に連れ込まれ、ラティーフの気が済むまで抱き潰されることになった。

クタクタになった彼女は夕食もろくに口にできず、一日で見るからに痩せ細ってしまう。

それから数日間。本気で怒ったカリマによって、夜伽の命令は徹底的に無視された。

心配してハレムを訪れたラティーフも、目の前に立ち塞がる彼女を力で押しのけることはできず、逆にさんざん説教されて部屋に帰った。

さらに数日後、元気になったレイハーネがラティーフに会いたいと言って泣き、ようやくカリマによる軟禁は解けることになる。

それからというもの、あの強面王子に説教したことが噂となり、カリマはユスラーシェ王宮で働く者たちの間で、『史上最恐の侍女』と呼ばれ、恐れられるようになった。

そしてすっかり反省したラティーフは、レイハーネの体調を気遣いながら毎晩の回数を調整し、おかげでレイハーネも毎日ゆっくり朝食を食べられるようになったのだった。

Noche
ノーチェ
美味しくお召し上がりください、陛下
柊あまる
Amaru Hiiragi
お前の身体は、
どこもかしこも甘くて
……中毒になりそうだ。

Noche
美味しくお召し上がりください、陛下
柊あまる
Amaru Hiiragi
皇帝陛下は五百人の妃より、
たった一人の
乙女をご所望!?
絢爛豪華な
中華風
ラブファンタジー!

Noche
ノーチェ
執愛王子の専属使用人
An Exclusive Servant of Possessive Prince
神矢千璃
Senri Kamiya
「もっとこの快楽を
君の体に覚えさせたい。
そして、私なしでは
生きられなくなればいい」

借金返済のため、王宮勤めをはじめた侯爵令嬢エスティニア。そんな彼女の事情を知った王子ラシェルが、高給な王子専属使用人の面接をしてくれることに！　彼に妖しい身体検査をされたものの、無事合格。仕事に励むエスティニアだったけれど……彼は、主との触れ合いも使用人の仕事だと言い、激しい快楽と不埒な命令で彼女に執着してきて――？

定価：本体1200円+税　　Illustration：里雪

没落令嬢フィリーネが嫁ぐことになった相手は、竜の血を引く王太子ジェスライール。とはいえ、彼が「運命のつがい」を見つけるまでの仮の結婚だと言われていたのに……。昼間の紳士らしい態度から一転、ベッドの上では情熱的に迫る彼。かりそめ王太子妃フィリーネの運命やいかに!?

定価：本体1200円+税　Illustration：ロジ

Noche
ノーチェ
愛されすぎて困ってます!?
I'm in Trouble about his Too much love
佐倉紫
Yukari Sakura
可愛い声で煽るな。
食べたくなるだろうが。
女とは名ばかりで使用人のような生活を送るセシ
ア。そんな彼女が、衆人環視の中いきなり大国の
太子から求婚された!? こんな現実あるはずない
、早々に逃げを打つセシリアだけど、王太子の巧
なキスと愛撫に身体は淫らに目覚めていき……
えない快感も恋のうち?
ん底プリンセスの溺愛シンデレラ・ロマンス!
価：本体1200円+税
Illustration：瀧順子
王太子殿下のきわどいアプローチに
身も心も陥落寸前!
求婚直後から、甘く蕩けるキスの嵐!?
どん底プリンセスの華麗なる蜜愛生活!

常に醜(みにく)い仮面をつけて素顔を隠し、「恐怖の魔女」と恐れられているサフィージャ。ところが仮面を外して夜会に出たら、美貌の王太子に甘い言葉で迫られちゃった？　純潔を守ろうとするサフィージャだけど、体は快楽に悶(もだ)えてしまい……
仕事ひとすじの宮廷魔女と金髪王太子の溺愛ラブストーリー！

各定価：本体1200円+税　Illustration：まりも

甘く淫らな恋物語

柊あまる（ひいらぎ あまる）
埼玉県在住。2014 年より Web にて小説の投稿を始める。
2015 年に出版デビュー。趣味は読書とテニス、車の運転。

イラスト：北沢きょう

本書は「ムーンライトノベルズ」（http://mnlt.syosetu.com/）に掲載されていた作品を、改稿・改題のうえ書籍化したものです。

堅物王子と砂漠の秘めごと（かたぶつおうじ と さばく の ひ めごと）

柊あまる（ひいらぎ あまる）

2016年 8月 31日初版発行

編集ー及川あゆみ・羽藤瞳
編集長ー塙綾子
発行者ー梶本雄介
発行所ー株式会社アルファポリス
〒150-6005東京都渋谷区恵比寿4-20-3 恵比寿ｶﾞｰﾃﾞﾝﾌﾟﾚｲｽﾀﾜｰ5F
TEL 03-6277-1601（営業）　03-6277-1602（編集）
URL http://www.alphapolis.co.jp/
発売元ー株式会社星雲社
〒112-0005東京都文京区水道1-3-30
TEL 03-3868-3275
装丁・本文イラストー北沢きょう
装丁デザインーansyyqdesign
印刷ー図書印刷株式会社

価格はカバーに表示されてあります。
落丁乱丁の場合はアルファポリスまでご連絡ください。
送料は小社負担でお取り替えします。

ISBN978-4-434-22344-0 C0093